Qu'est-ce que le Tiers Etat ?

Emmanuel Sieyès

Qu'est-ce que le Tiers Etat ?

PRÉFACE DE JEAN TULARD

QUADRIGE / PUF

ISBN 2 13 042693 X
ISSN 0291 0489

Dépôt légal — 1re édition : 1982
2e édition « Quadrige » : 1989, juillet

© Presses Universitaires de France, 1982
108, boulevard Saint-Germain, 75006 Paris

PRÉFACE

Lors des fêtes du couronnement de Frédéric-Guillaume III on vit paraître à la cour de Berlin, au milieu des représentants de la noblesse en perruques poudrées, des généraux dans leurs uniformes rutilants et des diplomates chamarrés, un homme au teint blême sous ses cheveux sans poudre, vêtu de noir et ceint d'une large écharpe tricolore. C'était Sieyès, envoyé du Directoire. Au dire des témoins, tous les regards se tournèrent vers lui. Plus que Mirabeau, Danton ou Robespierre déjà disparus, il symbolisait aux yeux de l'Europe la Révolution française, une révolution qu'il avait contribué à déclencher et à laquelle il allait mettre fin.

Emmanuel Joseph Sieyès, fils d'un receveur des domaines, est né le 3 mai 1748 à Fréjus. Sa santé délicate et le vœu de ses parents le contraignent à entrer dans les ordres malgré son absence de vocation. Ses maîtres de Saint-Sulpice essaient bien d'inculquer à ce séminariste qui les laisse perplexes le sens religieux qui lui fait défaut. Impuissants, ils lui conseillent de se retirer, mais il refuse. Il quitte Saint-Sulpice pour Saint-Firmin d'où il sort prêtre en 1772. Dès lors commence pour lui, note Mgr Leflon[1], la course aux bénéfices, mais aux bénéfices sans charges d'âmes, car jamais

1. J. LEFLON, L'abbé Sieyès, *Revue de l'Institut Napoléon*, 1971, p. 58.

Sieyès n'exercera de ministère pastoral : canonicats à Pinans, à Tréguier et à Chartres, aumônerie de Madame Sophie, tante du roi... Faute d'attrait pour la théologie, il tourne ses méditations vers les problèmes métaphysiques ou les questions d'économie politique quand il ne court pas le bénéfice. Malgré ses séjours à Paris, chez les Orléans, dans les salons à la mode, les clubs et les loges, il tend à s'aigrir. Son sort est celui d'autres ambitieux de valeur dont la réaction nobiliaire vient ruiner les espoirs.

Devant l'inflation qui précipite son déclin financier, la noblesse, sous le règne de Louis XVI, entend se fermer. Elle accapare toutes les hautes charges civiles et religieuses. L'édit de Ségur, en 1781, est resté célèbre pour avoir réservé les sous-lieutenances dans la cavalerie et l'infanterie aux nobles ayant quatre quartiers de noblesse. Toute possibilité d'ascension sociale est, semble-t-il, écartée pour une bourgeoisie dynamique qui a largement profité des années de prospérité du règne précédent.

Dans le même temps, toujours à la recherche de ressources nouvelles, la noblesse ressuscite les vieux droits féodaux et fait enclore le tiers des communaux. De là, l'irritation d'un monde paysan qui supporte de plus en plus impatiemment le poids des charges féodales. Le phénomène a été maintes fois décrit par les historiens de la Révolution, comme l'a été la crise financière de l'Etat lui aussi victime de l'inflation. La guerre d'Amérique a achevé de mettre à mal son budget. Le déficit ne cesse de croître ; l'impôt n'a pas d'élasticité et l'emprunt n'est guère une panacée en raison des intérêts de plus en plus considérables qu'il faut servir. Une seule solution : instituer un impôt pesant sur la terre et payable par tous, privilégiés compris. Solution préconisée par Turgot et reprise par Calonne. L'assemblée des notables réunie en février 1787 en écarte le principe. Il faudra la dissoudre le 25 mai. A son tour le Parlement de Paris, fief de la noblesse de robe, s'y oppose : « Tout système qui, sous une apparence d'humanité et de bienfaisance, tendrait dans une monarchie bien ordonnée à établir entre les hommes une égalité de devoirs et à détruire les distinctions nécessaires amènerait bientôt le désordre, suite inévitable de l'égalité absolue, et produirait le renversement de la société. Quels ne seraient pas les dangers d'un projet produit par un système inadmissible d'égalité dont le premier effet est de confondre tous les ordres de l'Etat en leur imposant le joug uniforme de l'impôt territorial. Le service personnel du clergé est de remplir toutes les fonctions relatives à l'instruction, au culte religieux et de contribuer au soulagement des malheureux par ses aumônes. Le noble consacre son sang à la défense de l'Etat et assiste de ses conseils le souverain. La dernière classe de la Nation, qui ne peut rendre à l'Etat des services aussi distingués, s'acquitte envers lui par les tributs (comprenons les impôts), l'industrie et les travaux corporels. »

L'occasion est belle pour la noblesse de monter à l'assaut de l'absolutisme et de prendre sa revanche de la Fronde. Dans un arrêt retentissant, le 3 mai 1788, le Parlement de Paris oppose « au despotisme niveleur » une monarchie à la Montesquieu où l'autorité royale serait limitée par les lois fondamentales et placée sous le contrôle des cours judiciaires. D'un côté, il affirme que les projets d'égalité fiscales sont contraires à « l'antique constitution », de l'autre il ne cesse de réclamer la réunion des états généraux, seuls qualifiés, dit-il, pour approuver le principe d'une subvention territoriale, tout en n'ignorant pas que les deux ordres privilégiés l'emporteraient aisément par deux voix contre une, celle du Tiers Etat, dans un vote de ce genre. Mais prenant une position démagogique qui masque la défense de ses intérêts, le Parlement de Paris parvient à s'assurer le soutien des forces populaires. La réforme judiciaire envisagée par Lamoignon, le 8 mai 1788, vient trop tard. Il ne fallait pas rappeler les parlements au début du règne. L'agitation gagne l'ensemble du royaume. Les libelles antiministériels se multiplient : L'esprit des édits de Barnave en est la meilleure illustration. La réforme judiciaire, déclarent de nombreux auteurs, « lèse par son esprit niveleur le droit de propriété, les coutumes sacrées des provinces et des cours souveraines ». Le parti ministériel riposte par Marmontel, Rivarol, Morellet et Linguet. En vain. L'assemblée du clergé joint sa voix à l'opposition et réclame à son tour la réunion des états généraux. Le roi cède. Dès le 5 juillet 1788, son ministre Brienne sollicite « toute personne instruite d'envoyer renseignements ou mémoires relatifs à la prochaine convocation des états généraux ». L'arrêt du Conseil du 8 août fixe la date de leur réunion au 1er mai 1789.

Mais cette convocation ne résout pas tous les problèmes. Deux questions restent pendantes : se conformera-t-on au précédent de 1614 en maintenant le vote par ordres ou adoptera-t-on une procédure nouvelle, celle d'un vote par tête ? Et dans ce cas doublera-t-on le nombre des députés du Tiers ? Questions capitales. La suite des événements en dépend.

Sieyès a suivi avec attention cette agitation, participant même, en 1787, aux travaux de l'assemblée provinciale de la généralité d'Orléans où il a connu le futur historien Anquetil et l'abbé Louis qui deviendra ministre des Finances. Il a d'emblée compris le calcul des parlementaires et le sens de la révolte nobiliaire contre l'absolutisme. Il importe de rappeler à la faveur de la crise les droits du Tiers Etat et de ne pas laisser le champ libre aux deux ordres privilégiés.

En novembre 1788, il passe à l'offensive, publiant une brochure intitulée Essai sur les privilèges *où il dénonce l'écrasement de vingt-cinq millions d'individus par deux cent mille personnes. Il dénonce l'égoïsme et la vanité de la noblesse. Se venge-t-il ainsi de n'avoir pu obtenir une abbaye de 12 000 livres ? C'est ce qu'affirme, mais sans preuves, Bertrand de Molleville.*

Après avoir dénoncé l'adversaire et montré qu'il ne faut pas se tromper de cible, le Parlement de Paris cherchant précisément à brouiller les cartes, Sieyès entend, dans un nouveau libelle, rappeler les droits du Tiers Etat. Sa deuxième brochure va rencontrer un extraordinaire écho. Sous le titre de Qu'est-ce que le Tiers Etat ?, *elle souhaite devenir la charte des députés du troisième ordre aux états généraux. Si elle fait sensation, dans la foule d'écrits qui déferle alors sur la France, elle le doit à la brève formule du début : « Qu'est-ce que le Tiers Etat ? Tout. Qu'a-t-il été jusqu'à présent ? Rien. Que demande-t-il à devenir ? Quelque chose. »*

La démonstration s'articulait donc en trois points. Le Tiers Etat est une nation complète. « Il est l'homme fort et robuste dont un bras est encore enchaîné. Rien ne peut aller sans lui. Tout irait mieux sans les autres. » Et pourtant son importance est nulle : « Lorsqu'on n'a pour soi que la protection de la loi commune, lorsqu'on ne tient pas à quelque privilège, il faut se résoudre à endurer le mépris, l'injure, les vexations de toute espèce. » L'attaque vise surtout la noblesse et l'on a fait reproche à Sieyès d'épargner le clergé. Mais sa position est logique. N'est-ce pas la noblesse qui a tout accaparé, fonctions publiques comme charges religieuses ? Alors que cet ordre « peut bien être une charge pour la Nation, il n'en saurait faire une partie ». Il est donc temps que le Tiers sorte de sa léthargie. Que doit-il demander ? A devenir quelque chose. « Il doit avoir de vrais représentants, des députés tirés de son ordre, aptes à interpréter sa pensée et à défendre ses intérêts. Mais à quoi lui servirait d'assister aux états généraux s'il ne devait pas y avoir une influence au moins égale à celle des privilégiés ? Représentation sincère, représentation double et vote par tête sont donc indispensables, représentent le minimum au-dessous duquel on ne saurait descendre »[1].

Sieyès met ce même Tiers en garde contre un autre piège. La noblesse souhaite introduire en France les bases de la constitution anglaise. Or, « en Angleterre, il n'y a de nobles privilégiés que ceux à qui la constitution accorde une partie du pouvoir législatif. Tous les autres citoyens sont confondus dans le même intérêt ; point de privilèges qui en fassent des ordres distincts. Si donc, en France, on veut réunir les trois ordres en un, il faut auparavant abolir toute espèce de privilège ». Comment la noblesse, surtout celle des petits hobereaux, pourrait-elle y consentir ? Ce qu'il faut c'est une constitution établie par la nation. Dans l'immédiat, le Tiers doit s'ériger en Assemblée nationale. L'idéal demeure un régime représentatif intermédiaire entre la monarchie de droit divin et la démocratie pure. « Les esprits, dites-vous, ne sont pas encore exposés à vous entendre, vous allez choquer beaucoup de monde. Il le faut ainsi : la vérité la plus utile à publier n'est pas celle dont on était déjà assez voisin. »

Ce libelle fut publié en janvier 1789. Quatre éditions se succédèrent dans le courant de l'année. Seule la dernière porta le nom de l'auteur. Ces 127 pages réparties en 6 chapitres le rendirent immédiatement célèbre.

---

1. P. Bastid, *Sieyès et sa pensée* (éd. 1939), p. 335.

Une révolution ne naît jamais spontanément d'un excès de misère ou d'une grande injustice. Ce n'est dans ce cas qu'une émeute plus ou moins facilement réprimée. Pour qu'il y ait révolution, il faut qu'il y ait une prise de conscience, un effort intellectuel dont les plus dépourvus sont incapables. Une révolution politique et économique c'est d'abord une révolution intellectuelle, qui est le fait des clercs, des plus instruits. A cet égard Sieyès peut être considéré comme l'un des pères de la Révolution de 1789. Plus même que Rousseau, car si le philosophe genevois préconise avant Sieyès le principe que les hommes naissent libres et égaux, force est de reconnaître que la lecture du Contrat social n'est pas à la portée de tous. Au contraire, Sieyès sut en trois formules admirables résumer les aspirations du Tiers Etat. Il sut traduire en termes simples le sentiment de force de ce même Tiers fondé sur la supériorité numérique. « Le Tiers, dit-on, ne peut former à lui seul les états généraux. Eh ! Tant mieux ! Il composera une Assemblée nationale. » La nation, nouvelle entité dont Sieyès fut l'un des créateurs ; concept dont la fortune sera immense. La Déclaration des Droits de l'Homme énoncera ce dogme fondamental : « Le principe de toute souveraineté réside essentiellement dans la nation. » La nation remplace le roi de droit divin.

« Sieyès avait tracé un programme, écrit Alberic Neton[1]. Le Tiers l'adopta ; rien ne put l'en détourner. »

De la décision des députés du Tiers de se transformer en Assemblée nationale à la Déclaration des Droits de l'Homme, on retrouve dans les débuts de la Révolution l'influence de Sieyès. Et n'est-il pas significatif qu'il ait été élu aux états généraux par le Tiers et non par le clergé de Chartres ? « Trois choses lui appartiennent, affirmera en 1833 Talleyrand qui s'y connaissait : l'abolition des ordres, l'organisation de la garde nationale, la division de la France en départements. »

Mais la Révolution finit toujours par dévorer ceux qui l'ont lancée. L'échec de la Constitution de 1791 c'est en partie, mais en

---

1. A. NETON, Sieyès, p. 68. Cf. aussi R. MARQUANT, Les archives Sieyès. Inventaire, Archives nationales (1969).

partie seulement l'échec de Sieyès. Sa sécularisation, faute d'avoir été élu à l'évêché de Paris, est un autre échec. Pendant la Terreur, il se terre. C'est à tort que certains agents contre-révolutionnaires lui attribueront une influence sur le Comité de Salut public. On ne prête qu'aux riches. La Constitution élaborée en l'an III ne tient pas compte de ses avis, il en conçoit un vif dépit et boude le nouveau régime. Un attentat manqué contre lui et une mission diplomatique à Berlin[1] le remettent en selle. Élu au Directoire, il mesure les dangers que fait courir à la République la Constitution de 1795 génératrice de coups d'Etat. Comme on ne peut réviser cette constitution avant un délai de neuf années, il juge nécessaire un nouveau coup d'Etat qui permettra l'établissement du texte constitutionnel dont il rêve et qui consoliderait l'œuvre de la Révolution. Il fallait « un sabre ». On sait comment son choix se porta en définitive sur Bonaparte. La Révolution eut une fin mais pas celle prévue par Sieyès.

Que le souvenir de Sieyès demeure lié à celui de sa brochure, Qu'est-ce que le Tiers Etat ?, ne saurait surprendre[2]. Député, diplomate ou consul provisoire, il s'est toujours comporté en théoricien. Il a cru, comme le rappelle son biographe Paul Bastid, que la société politique pouvait être façonnée selon les lois de l'intelligence. A plusieurs reprises il a pu penser que son rêve allait devenir réalité. Il a toujours été démenti par l'événement. Son prestige fut immense : en Allemagne on le comparait alors à Kant. La légende napoléonienne l'a finalement relégué dans l'ombre. Il mourut, sous la Monarchie de Juillet, dans l'indifférence générale.

JEAN TULARD.

---

1. M. ADLER-BRESSE, *Sieyès et le monde allemand* (thèse, Champion, 1977)
2. La brochure de Sieyès fut rééditée en 1796, 1799, 1822, 1839, puis de façon scientifique par Edme Champion et Alphonse Aulard en 1889, enfin par Roberto Zapperi en 1970. Alors qu'Aulard avait choisi de reproduire l'édition de janvier 1789, Zapperi a porté son choix sur celle de juin 1789, plus complète.

QU'EST-CE QUE LE TIERS ETAT?

par Emmanuel Sieyès

PRÉCÉDÉ DE
L'ESSAI SUR LES PRIVILÈGES

Edition critique
avec une introduction par
EDME CHAMPION

INTRODUCTION

Étienne Dumont raconte que Sieyès, sortant un jour
de chez Talleyrand, se trouva d'humeur plus communi-
cative qu'à l'ordinaire et, après avoir parlé de ses études,
se laissa aller à dire : « La politique est une science que
je crois avoir achevée (1). » Le mot est assurément pré-
somptueux : il le paraissait à peine à l'époque où il fut
prononcé. On accordait sans difficulté à Sieyès autant de
génie qu'il s'en croyait. Il était bien, comme le dit
Dumont, l'oracle du tiers état. Mirabeau l'appelait son
maître. Si plus tard son crédit diminua, si quelques-uns
de ses contemporains arrivèrent à penser avec Brissot
qu'il était au-dessous de la réputation qu'un pamphlet
heureux et un silence adroit lui avaient conquise, en 1789
« tout se réunissait pour le respecter, l'honorer, l'ad-
mirer », écrit André Chénier (2).

Personne n'ignore l'influence qu'il eut sur les esprits à
la veille et au début de la Révolution. Mais de cette

(1) *Souvenirs sur Mirabeau et sur les deux premières assemblées législatives*
par Étienne Dumont (de Genève), Paris, 1832, in-8, p. 64.
(2) *Œuvres en prose d'André Chénier*, édit. Becq de Fouquières, Paris
1872, in 12, p. 18.

influence on connaît généralement assez mal la nature exacte, les véritables causes et les limites. On l'attribue volontiers à des systèmes ingénieux, mais compliqués, à des théories aventureuses, à des spéculations conduites sans grand souci des faits et de l'expérience. A en croire Malouet, Sieyès avait séduit le public par sa métaphysique et sa profondeur dans le genre obscur.

C'est se faire des hommes de 89 une idée bien fausse, que de se les représenter entraînés dans l'abîme des révolutions par des abstractions ou des rêveries. Ils avaient trop de bon sens pour s'éprendre de chimères. Il suffit de parcourir leurs cahiers pour s'assurer qu'ils étaient bien éloignés des ambitions excessives, des doctrines imprudentes. Mirabeau ne s'y est pas trompé : « Il n'est personne qui n'avoue aujourd'hui que la nation française a été préparée par le sentiment de ses maux et par les fautes de son gouvernement à la révolution qui vient de s'accomplir, bien plus que par le progrès général de ses lumières, » écrivait-il le 7 septembre 1790 dans sa vingt-troisième note pour la cour. Il ajoutait qu'au début de la Révolution on voyait clairement ce qui était à changer, mais qu'il n'existait pas de projets arrêtés pour l'avenir. Sieyès lui-même n'a-t-il pas dit qu'il ne fallait pas présenter comme une image exacte de l'opinion publique si modeste et si mesurée les observations d'auteurs plus ou moins instruits des droits de l'homme (1)?

Les inventions de Sieyès ont été plus admirées qu'approuvées. Elles eurent plus de prestige que d'efficacité. Ainsi que l'a remarqué Brissot, Sieyès, à l'Assemblée nationale, était de beaucoup le membre le plus important du comité de constitution, mais ce n'est pas lui dont les idées ont été le plus souvent adoptées. Il lui arriva plus d'une fois, comme à tous les oracles, de n'être pas compris et surtout pas obéi. Des deux parties de la brochure

(1) *Qu'est-ce que le tiers état ?* p. 34.

Qu'est-ce que le tiers état ? celle qui est consacrée à la critique des abus et aux demandes du tiers eut bien plus de succès que celle où il est traité des mesures à prendre. Dans le chapitre VI, le dernier et le plus long, qui est intitulé : *Ce qui reste à faire,* Sieyès indique les moyens qu'il estime les plus sûrs pour mettre le tiers en possession de ses droits politiques d'une manière utile à la nation. Aucun de ces moyens ne fut employé. On ne voit même pas qu'il ait été jamais question de suivre l'un ou l'autre des plans tracés par Sieyès. Il n'avait pas eu de peine à faire sentir « la timide insuffisance de ces réclamations du tiers qui se ressentaient encore des vieux temps » ; il avait bien démontré que le tiers ne devait pas se contenter à si bon marché, se borner à être « le moins possible », qu'on ne tenait pas assez compte du progrès des lumières ; il demandait que, toute trace de privilèges étant effacée, les députés du tiers s'érigeassent seuls en une assemblée nationale d'où les députés du clergé et de la noblesse seraient exclus, ou mieux encore que tous les députés des trois ordres fussent écartés et qu'à leur place on convoquât les représentants de la nation sans aucune espèce de distinction d'ordres ou de castes. Ces conseils n'ont pas prévalu et ne pouvaient prévaloir. La France était encore « trop pénétrée du respect pour les rangs et du sentiment d'une subordination nécessaire » (1). Et même en la supposant assez émancipée pour goûter les avis de Sieyès, comment s'y serait-elle prise pour les suivre ? La force des choses ne l'aurait pas permis. Sieyès lui-même ne semble pas avoir pris ses plans très au sérieux : du moins ne se faisait-il pas d'illusion sur le sort qui leur était réservé. Il n'aurait pas voulu se charger de les mettre en pratique.

---

(1) **Target,** *Les États généraux convoqués par Louis XVI,* les trois parties ensemble, p. 110. Target dit plus loin : Dans cette liberté générale d'écrire n'a-t-on pas respecté jusqu'aux idées du préjugé ?

En les proposant, il avoue qu'il n'a d'autre espoir que de provoquer la méditation et la discussion, d'éveiller et de stimuler les esprits. Il expose la vérité « dont on se rapprochera plus ou moins selon les circonstances ». Il prévoit que ses principes ne seront. pas admis même par les membres du tiers les plus habiles à défendre les intérêts de leur ordre, que ses idées paraîtront extravagantes à la plupart des lecteurs (p. 90). Il sait qu'elles sont absolument impraticables pour le temps (*ib.*). Aussi, bien loin de songer à les imposer, déclare-t-il qu'on ne doit point s'y attacher avec trop de rigueur. Ce grand théoricien a parfois, Michelet s'en est souvenu, le langage d'un véritable homme d'État. Avec une clairvoyance qui lui fait le plus grand honneur et qui de nos jours est devenue trop rare, il constate la différence profonde qu'il y a entre la mission du penseur méditant à loisir dans la solitude du cabinet et celle du citoyen chargé des affaires d'un grand peuple : « Tant que le philosophe n'excède point les limites de la vérité, ne l'accusez pas d'aller trop loin... Le devoir de l'administrateur au contraire est de graduer sa marche suivant la nature des difficultés. » Non content d'avoir ainsi marqué cette distinction essentielle dans son épigraphe en tête de l'écrit *Qu'est-ce que le tiers état ?* il y revient et y insiste aux dernières pages de la conclusion où il signale l'erreur des personnes « qui s'obstinent à confondre la conduite mesurée et prudente de l'administrateur, qui gâterait tout s'il ne calculait pas les frottements et les obstacles, avec l'élan libre du philosophe que la vue des difficultés ne fait qu'exciter davantage (1) ».

---

(1) « L'histoire fut toujours en défaveur auprès de cet esprit absolu qui visait à tirer tout de la raison », dit Sainte-Beuve dans son étude sur Sieyès. Peut-être y a-t-il dans ces paroles un peu d'exagération : Sieyès ne dédaignait pas toujours les exemples fournis par le passé et à l'occasion il savait s'en servir ; peut-être, à bien voir les choses, trouverait-on plus de véritable esprit pratique,

La partie capitale de l'œuvre de Sieyès n'est pas celle où il se montre le plus original, où il développe ses idées propres ; c'est celle où, se faisant l'organe de l'opinion publique, il met en regard, d'une part les services, les titres, les droits du tiers état, et d'autre part ses souffrances et ses vœux.

On a dit qu'un motif peu honorable avait déterminé Sieyès à s'attaquer aux privilèges.

Il est en effet de bon goût, dans un certain monde, d'expliquer autant que possible la conduite des hommes de 89 par des sentiments mesquins et vils, par la cupidité, l'envie ou la vanité. En exposant les causes de la Révolution on se refuse à admettre que les droits féodaux fussent intolérables : on pense faire preuve de profondeur en insinuant, à la suite de Tocqueville, qu'ils n'étaient si détestés, que parce qu'ils étaient devenus moins lourds. Au lieu de constater franchement l'oppression des campagnes, on va répétant, sans s'assurer si ce qu'on répète est bien exact, qu'en telle circonstance l'amour propre de Danton dut saigner, que Mᵐᵉ Roland se trouva humiliée à telle date par un procédé peu courtois, que Robespierre était irrité d'avoir été le protégé de l'évêque d'Arras et Marat d'avoir été « le chirurgien aux écu-

moins de dédain de l'expérience chez lui que chez les gens qui lui ont tant reproché sa métaphysique. Entre l'auteur du chapitre où il est expliqué pourquoi la constitution anglaise ne convient pas à la France, et les habiles politiques qui voulaient l'y importer, de quel côté est le mépris des faits, le goût des chimères ? Toutefois l'observation de Sainte-Beuve subsiste : elle est juste, à condition que l'on ajoutera que, dans les polémiques engagées en 1789, l'histoire ne pouvait pas peser d'un grand poids. « Ce n'est pas dans l'histoire de France que notre député trouvera les principes de la conduite qu'il doit tenir, dit la noblesse de Provins ; il n'y verrait que l'ignorance absolue des droits de la nation. » Les publicistes les plus acharnés à puiser des arguments dans nos annales finissaient presque tous par convenir qu'ils n'y découvraient que confusion et contradictions perpétuelles, justifiant par là ce que Sieyès, au début de l'*Essai sur les privilèges*, dit des « fastidieuses et interminables discussions de faits ».

ries (*sic*) du comte d'Artois ». Les historiens qui affec-
tionnent ce genre de remarques, depuis Bertrand de
Moleville jusqu'à M. Taine (1), ne manquent guère de
raconter que si Sieyès a manifesté tant d'hostilité contre
les privilèges, c'est qu'il n'avait pas obtenu une abbaye
qui lui avait été promise (2).

C'est là, ainsi que Sainte-Beuve l'écrivait à un époque
où il n'était pas suspect d'indulgence pour les révolu-
tionnaires (3), « une méprise qui tient à l'ignorance
complète du fond. » L'anecdote si longuement rapportée
par Bertrand de Moleville et son éditeur peut bien être
tenue pour vraie « sans pour cela qu'on soit obligé d'en tirer
la même conséquence ». Rien n'autorise à méconnaître
chez Sieyès « un haut et sévère enthousiasme, l'amour
du bien public, un esprit qui avait sincèrement le désir
d'améliorer l'humanité » (4). Dès l'année 1772, bien avant
qu'il ne fût question de cette abbaye, il s'occupait des
moyens de réformer les abus. Il avait siégé aux États de
Bretagne, avait vu de près la féodalité « en plein exercice » et conçu contre elle une haine qu'aucun bénéfice
n'aurait éteinte.

---

(1) *Ancien régime*, p. 420.

(2) D'après Sainte-Beuve, Bertrand de Moleville *semble* dire qu'il
ne tint qu'à une abbaye : cela n'est pas tout à fait exact. Bertrand
de Moleville ne semble pas dire, il affirme de la manière la plus
formelle. Il a sur ce sujet quatre grandes pages, aussi explicites que
possible, qui commencent ainsi : « Il ne tint qu'à une abbaye
de 12,000 livres et à une étourderie de moins de la part de l'arche-
vèque de Sens que l'abbé S. ne fût un des apôtres les plus zélés de
l'ancien régime. » La longue note que l'éditeur Michaud a jointe au
récit de Bertrand de Moleville n'y ajoute rien d'essentiel. Voir Bertrand de Moleville, *Histoire de la Révolution de France*, Paris, 1801-1803,
14 vol. in-8, t. I, p. 365.

(3) *Causeries du lundi*, V, 159.

(4) Voir dans la *Notice sur la vie de Sieyès* écrite probablement par
Sieyès lui-mème, en messidor an II, à la page 5), le passage sur *l'art
social* qui occupe et enthousiasme l'artiste philosophe, comme
l'attrait de la peinture, le goût de la belle architecture, la recherche
d'une belle harmonie s'emparent du musicien, du peintre et de
l'architecte.

En lisant les pages destinées à établir que les hommes qui ont fait la Révolution, quand ils n'étaient pas des fous ou des imbéciles, avaient des âmes vénales ou gonflées de basses rancunes, on se demande si les auteurs qui les ont écrites ont jamais eu sous les yeux les cahiers de 89. Pour s'amuser à rattacher de si grandes choses à des causes si infimes, il faut n'avoir pas un sentiment assez vif des misères que la féodalité entretenait encore dans la seconde moitié du XVIII° siècle. Si l'on avait une fois entendu les gémissements des communautés des campagnes, ces doléances si humbles, si navrantes, si bien justifiées, en admettant qu'elles aient besoin de l'être, par les aveux échappés çà et là aux ordres privilégiés, on insisterait sans doute avec moins de complaisance sur des récits qui ne servent qu'à refroidir la sympathie et à diminuer la compassion. On aurait honte de rechercher avec tant de soins quelle dose d'égoïsme a pu être mêlée à des revendications trop légitimes ; on comprendrait qu'il n'était pas besoin d'avoir souffert des privilèges pour les prendre en horreur et pour embrasser la défense des opprimés, et l'on se souviendrait que les membres du clergé et de la noblesse chez lesquels l'orgueil de la naissance n'avait pas étouffé les instincts humains et généreux, se distinguèrent par leur zèle ardent à appuyer les plaintes du tiers. Malouet, bien à regret, a parlé de ce qu'il appelle les illusions de Mathieu de Montmorency et reconnu qu'elles prenaient naissance dans le pur amour du bien public.

D'ailleurs les privilèges n'étaient pas seulement une source de maux de toute nature pour le plus grand nombre des Français. On n'en parle presque jamais que comme de charges plus ou moins injustes, de distinctions plus ou moins choquantes, établies au profit de quelques particuliers et au détriment de tous les autres ; comme si le privilège le plus vivement attaqué en 89, celui en vertu duquel la majorité du clergé et de la noblesse prétendait voter par ordre dans les États généraux, n'était pas aussi funeste à la prospérité, à la liberté, à l'intégrité du pays, que contraire à l'égalité naturelle des citoyens (1).

Ce n'est pas ici la place de décrire l'état auquel le royaume avait été réduit par le despotisme. Il n'est besoin que de rappeler ce qu'en disaient les gens les moins enclins à l'exagération.

« Le peuple français souffre depuis longtemps des vices et des erreurs d'un gouvernement arbitraire dans lequel la modération du prince ne suffit pas pour prévenir ni pour empêcher l'influence tyrannique des richesses, celle du crédit et de l'autorité. Tous les fléaux qu'entraînent à leur suite la cupidité, l'ivresse du pouvoir, l'orgueil de l'ignorance, ont accablé la nation sous le poids des abus de tous genres. Le mal est au comble, le caractère national s'efface, les ressources sont épuisées. » L'homme qui tenait ce langage n'est pas un révolutionnaire à idées fixes, à l'humeur violente : c'est le personnage dont on loue si fort la gravité, l'extrême prudence, c'est Malouet dans son discours prononcé à Riom lors de la rédaction des cahiers.

« L'État s'écroulait par l'effet de la multitude d'abus qui s'étaient glissés dans toutes les parties de l'administration (2). » La France était en danger. Il s'agissait de la sauver, d'inaugurer un nouvel ordre de choses (3), de travailler à la régénération dont tout le monde, jusqu'au roi, constatait la nécessité (4). La première chose à faire

---

(1) « Les privilèges découragent le peuple, contrarient tous les mouvements, enchaînent la liberté... Bons contre le prince, ils sont mauvais contre la nation. » Target, *Les États généraux convoqués par Louis XVI*, p. 12.

(2) Cahier du clergé de l'Angoumois.

(3) « Nos malheurs nous conduisant au dernier période de la calamité publique ont fixé notre attention sur la nécessité absolue d'un autre ordre de choses. » *Mémoires sur les États généraux* par le comte d'Antraigues, p. 7.

(4) Voir sur la nécessité de cette « régénération » les cahiers du

était de mettre un terme à l'arbitraire, de sortir du
chaos où l'on était plongé, et, pour cela, d'établir une
constitution. « Que servirait de réformer les abus si la
source n'en était tarie ! Le malheur de la France vient
de ce qu'elle n'a jamais eu de constitution fixe, » disait
la noblesse de Blois. « Posez donc les bases, s'écriait
Malouet dans un accès de lyrisme, élevez les colonnes
du plus beau monument qui puisse sortir de la main des
hommes ; car telle est une constitution nationale qui
détermine les droits de tous et les lois qui les main-
tiennent. » Le pays tout entier sans distinction d'états
ni de classes réclamait instamment une constitution.
C'était, pour employer les termes du cahier de la noblesse
de Ponthieu, l'objet principal des vœux du pays, le seul
sur lequel la condescendance eût été répréhensible, le
grand intérêt qui ne devait jamais être perdu de vue,
qu'il ne fallait pas laisser absorber sous la discussion
des intérêts particuliers (1).

Mais cette constitution unanimement désirée, quel

clergé et de la noblesse, notamment ceux de Clermont-en-Beau-
voisis — « L'assemblée que j'ai convoquée pour s'occuper avec moi
de la régénération de mon royaume. » Lettre de Louis XVI, 28 mai
1789.

(1) Selon M. Taine, tandis que les nobles, d'après Montesquieu,
disent que la constitution existe, le tiers, conformément aux doctrines de Rousseau, déclare qu'il faut donner une constitution à la
France (*Ancien régime*, p. 422). A l'appui de son dire M. Taine cite
deux cahiers de la noblesse : il aurait pu en indiquer quelques-uns
de plus. Mais s'il avait pris la peine d'étudier la question, il saurait
qu'à part un très petit nombre de cas, la noblesse est sur ce point
tout à fait d'accord avec le tiers. Elle pose comme « maxime fonda-
mentale » que les États généraux s'occuperont d'abord d'arrêter
avec sa majesté un corps de lois constitutionnelles « et qu'il ne sera
délibéré sur aucun objet d'impôt que toutes les parties constituantes
du code ne soient définitivement arrêtées, rédigées et promulguées
comme bases de la constitution française ». Ce sont les expressions
de la noblesse de Cambrai : sous une forme ou sous une autre, la
même pensée se trouve dans la plupart des cahiers du même
ordre. Il faut ici, comme dans bien d'autres cas, renoncer à user de
la vieille antithèse entre Montesquieu et Rousseau. — C'est le

moyen de l'obtenir si les trois ordres siégeaient séparés ?
La division des États généraux en trois chambres n'avait-
elle pas été dans tous les temps une des principales raisons de leur complète impuissance ? Avec le vote par
ordre, les partisans de l'ancien régime n'avaient-ils pas
toutes facilités pour empêcher les réformes les plus
simples ? La victoire du tiers paraissait encore bien incertaine, Sieyès redoutait une défaite. Déjà un certain
nombre de privilégiés, qui s'étaient d'abord associés aux
réclamations de l'opinion publique, commençaient à s'in-
quiéter de l'avenir et parlaient de maintenir la constitution dont quelques mois auparavant ils niaient eux-mêmes
l'existence. « La peur leur avait donné une constitution ». Allait-on les laisser maîtres de réduire les États
généraux à une inaction « qui serait le plus terrible
des malheurs qui pût arriver à la France » et qui se trans-
formerait bien vite en une reculade (1) ?

En supposant les États généraux composés de douze
cents membres, il aurait suffi de cent cinquante et une
voix dans une des trois assemblées pour arriver à ce
résultat (2). Le moins qu'on pût faire, était par conséquent, d'accorder au tiers le peu qu'il demandait, de façon
à ce que, disposant d'autant de suffrages que les deux
premiers ordres ensemble (3), il eût quelques chances

---

clergé, et non la noblesse, qui prétend que la France a une constitution ; encore y a-t-il plusieurs endroits où il professe l'opinion contraire, par exemple Bourg-en-Bresse, Caen, Châlons-sur-Marne,
Dijon, Lille etc. D'ailleurs, quand la noblesse et le clergé soutiennent
qu'il existe une constitution, c'est presque toujours en ajoutant
qu'elle doit être fixée, déterminée, rédigée.

(1) Voir les *États généraux* par Target et *Qu'est-ce que le tiers état ?* p. 78 :
« Il ne s'agit plus pour le tiers d'être mieux ou de rester comme il
était. La circonstance ne permet point ce calcul, il faut avancer ou
reculer, il faut abolir ou reconnaître et légaliser des privilèges
iniques et insociaux. »

(2) V. dans *les États généraux* de Target, p. 94, le développement de
cette idée.

(3) Quelques publicistes proposaient en faveur du tiers une propor-

de faire prévaloir la volonté du pays dans une assemblée
vraiment nationale, plus imposante et moins facilement
dissoute que trois chambres distinctes et désunies. La chose
était si naturelle que certains cahiers du clergé et de la
noblesse l'admettaient d'emblée ou prévoyaient qu'on
serait obligé de l'admettre après débat (1). Elle rencontra
pourtant une résistance dont le tiers ne triompha qu'à
force de sagesse et de fermeté, après une lutte longue,
pleine de périls et d'angoisses. Si Sieyès ne vit pas
exécuter ses plans, si la ligne de conduite imposée aux
communes par les événements fut précisément celle dont
il avait d'avance montré les vices et qu'il avait condamnée,
il n'en eut pas moins dans la victoire du tiers la part la
plus large et la plus éclatante. Bien d'autres voix ont en
même temps que la sienne « cherché à établir les droits
de la nation sur des bases immuables en les fondant sur les
droits naturels » (2). Une foule innombrable d'écrits furent
publiés à la fin de l'année 1788 et dans les premiers mois
de l'année 1789 pour combattre le vieil ordre de choses. *Les
États généraux convoqués par Louis XVI* de Target, le
Mémoire sur les États généraux du comte d'Antraigues,
firent une sensation profonde dans tout le royaume (3) ;

tion un peu plus forte. Target souhaite que sur cinq députés le
tiers en ait trois.

(1) La noblesse de Béziers dit que « la diversité des mandats et
l'opposition des intérêts pourront apporter dans les États généraux
des obstacles insurmontables aux résolutions les plus nécessaires ».
Elle demande qu' « afin de prévenir une anarchie de l'État, les
opinions soient recueillies par tête dans l'assemblée générale pour
tout ce qui intéresse l'intérêt commun, et par ordre pour ce qui est
relatif aux intérêts particuliers de la noblesse ». *Archives parlementaires*, II, 347-9. Quelques cahiers de la noblesse plus libéraux ne
font pas cette restriction et se prononcent pour le vote par tête
aussi fortement que ceux du tiers : entre autres ceux de la noblesse
d'Aix, de Calais, de Marseille, de Montfort l'Amaury, de Nîmes, de
Senlis.

(2) D'Antraigues, *Mémoire*, p. 17.

(3) « Quand les moyens positifs manquent, c'est à la loi immuable
de la nature qu'il faut recourir pour y suppléer. Le tiers état est le

rien n'égala l'effet de la brochure *Qu'est-ce que le tiers état ?* C'est elle entre toutes que Malouet accuse d'avoir « perverti » l'esprit public. Par la formule brève et saisissante qui sert de début à cet écrit (1), par l'argumentation aussi forte que lumineuse à l'aide de laquelle elle est développée, Sieyès a puissamment contribué à l'abolition des privilèges dans la nuit du 4 août, et plus encore à la journée du 17 juin précédent où les députés des communes déclarèrent que, représentant les quatre-vingt dix-neuf centièmes des Français, leur assemblée, avec ou sans les députés des deux autres ordres, avait droit de s'appeler Assemblée nationale.

L'homme dont le nom se rattache d'une façon étroite à de si grandes dates, est malgré de tristes défaillances assuré d'une gloire durable. Ses écrits ne cesseront jamais d'être recherchés. La brochure *Qu'est-ce que le tiers état?* rare en 1822, d'après les éditeurs de la collection des mémoires relatifs à la Révolution, Berville et Barrière, fort rare en 1847, d'après Louis Blanc, était devenue presque introuvable en ces dernières années. L'édition que publie aujourd'hui la Société de l'histoire de la Révolution était désirée depuis longtemps ; elle ne sera certainement pas la dernière.

Une note ajoutée à la troisième édition présente l'ouvrage comme pouvant faire suite à l'*Essai sur les privilèges :* il a paru convenable de réimprimer ici cet *Essai.*

peuple, et le peuple est la base de l'État, il est l'État même... C'est dans le peuple que réside la toute puissance nationale, c'est par lui que tout l'État existe et pour lui seul qu'il doit exister » D'Antraigues, *Mémoire*, p. 246. On comprend en lisant ces lignes que les écrivains royalistes aient à plusieurs reprises, en particulier dans les *Mémoires* de Weber, jugé l'écrit de d'Antraigues pire que celui de Sieyès.

(1) On a attribué à Chamfort cette formule que Sieyès n'aurait fait que modifier un peu en se l'appropriant. Il est probable qu'elle fut trouvée par plusieurs personnes à la fois. Elle appartient légitimement à l'homme qui s'en servit pour défendre avec un éclat incomparable les intérêts de la nation.

On a pour les deux écrits reproduit le texte de la première édition en y joignant les variantes fournies par la seconde (1) : celles de la brochure *Qu'est-ce que le tiers état ?* ne sont pas très importantes ; celles de l'*Essai* au contraire sont nombreuses et souvent considérables. On y remarque non seulement des expressions plus justes ou plus heureuses que celles qui s'étaient d'abord trouvées sous la plume de Sieyès, mais des pages entières remaniées, refaites d'un bout à l'autre de façon à rendre l'œuvre plus claire, plus complète, plus frappante. Ces variantes méritaient d'être recueillies avec d'autant plus de soin qu'il semble que Sieyès répugnait à reviser ses œuvres et ne se décidait à les corriger que dans des circonstances exceptionnelles (2)

EDME CHAMPION.

(1) Ces variantes et la bibliographie des deux écrits de Sieyès ont été établies par M. Aulard.

(2) « La mise au net, le remplissage des vides et cette sorte de toilette que les auteurs les moins soucieux de fumée littéraire ne pourraient refuser à des écrits destinés à voir le jour, lui sont insupportables. S'il s'est permis quelque infidélité à cette sorte de paresse, ce n'a été qu'entraîné par le sentiment d'un grand intérêt public et dans les moments où il avait espoir probable d'être utile. » *Notice sur la vie de Sieyès*, écrite à Paris, en Messidor an II, *en Suisse et à Paris*, an III; in-8, p. 10. Voir aussi les *Souvenirs* de Dumont, p. 65.

BIBLIOGRAPHIE

de l'*Essai sur les privilèges* et de *Qu'est-ce que le tiers état ?*

1. — Essai sur les privilèges, s. l. n. d. (1788), in-8 de 48 pages.

2. — Essai sur les privilèges, nouvelle édition, s. l. n. d. (1789), in-8 de 54 pages.

3. — Qu'est-ce que le tiers état ? s. l., 1789, in-8 de 127 pages.

4. — Qu'est-ce que le tiers état ? 2e édition corrigée, s. l., 1789, in-8 de 114 pages.

5. — Qu'est-ce que le tiers état ? 2e édition corrigée, s. l., 1789, in-8 de 130 pages.

6. — Qu'est-ce que le tiers état ? 3e édition, s. l., 1789, in-8 de 180 pages.

7. — Qu'est-ce que le tiers état ? précédé de l'Essai sur les privilèges, nouvelle édition augmentée de vingt-trois notes, par l'abbé Morellet. *Paris, Corréard*, 1822, in-8 de 224 pages.

8. — Qu'est-ce que le tiers état ? pamphlet publié en 1789 par Sieyès, précédé d'une étude sur l'auteur par M. Chapuys-Montlaville, député, et orné d'un portrait de Sieyès, *Paris, Pagnerre*, 1839, petit in-8 de 192 pages.

On remarquera que les deux premières éditions de l'*Essai sur les privilèges* et les trois premières de *Qu'est-ce que le tiers état ?* sont anonymes.

Au titre de la 3e édition de *Qu'est-ce que le tiers état ?* il y a cette note : « Cet ouvrage, composé pendant les *Notables* de 1788, a été publié dans les premiers jours de Janvier 1789. Il peut servir de suite à l'*Essai sur les privilèges*. » Au titre de l'*Essai sur les privilèges*, dans l'édition Morellet, il y a cette note : « La première édition de cet opuscule parut en novembre 1788. »

On lit dans la *France littéraire* par J.-S. Ersch, Hambourg, 1798, 3 vol., in-8, à l'article Sieyès :

« Ces deux pièces (l'*Essai sur les privilèges* et *Qu'est-ce que le tiers état ?*) ont eu encore d'autres éditions. Trad. en allem. par K.-F. Cramer, *Altona*, 1794, qui traduira aussi les autres ; en angl., 1791, in-8. »

Nous n'avons pu nous procurer ni les « autres éditions » dont parle Ersch en 1798, ni les traductions qu'il mentionne.

Il indique aussi une édition collective, où doivent se trouver les deux opuscules que nous publions. Il la décrit ainsi :

« Ses écrits, recueillis par K.-F. Cramer, *Paris*, tome I, 1796, gr. in-8. »

Toutes nos recherches pour rencontrer cette édition ont été infructueuses.

Quérard, dans sa *France littéraire*, la mentionne en ces termes :

« Collection des écrits d'Emm. Sieyès, édition à l'usage de l'Allemagne (publiée par Ch.-Fréd. Cramer). Tom. Ier et unique), 1796, in-8. »

Et, parlant de la traduction allemande des œuvres politiques de Sieyès, il ajoute :

« Traduction qui a été attribuée quelquefois, et à tort, à C.-F. Cramer. »

Cependant, n'ayant pu trouver nulle part l'édition de Cramer, nous ne croyons pas impossible qu'elle ne soit autre chose que la traduction allemande parue à Paris en 1796, sans nom d'auteur, et dont voici le titre :

Emmanuel Sieyès politische Schriften vollständig gesammelt von dem deutschen Uebersezer nebst zwei Vorreden über Sieyès Lebensgechichte, seine politische Rolle, seinen Charakter, seine Schriften, s. l., 1796, 2 vol. in-8.

ESSAI

SUR LES PRIVILÈGES

On a dit que le privilège est *dispense pour celui qui l'obtient, et découragement pour les autres*. S'il en est ainsi, convenez que c'est une pauvre invention que celle des privilèges. Imaginons une société la mieux constituée et la plus heureuse possible; n'est-il pas clair que, pour la bouleverser entièrement, il suffira (1) de dispenser les uns et de décourager les autres?

Je voudrais (2) examiner les privilèges dans leur origine, dans leur nature et dans leurs effets. Mais cette division, toute méthodique qu'elle est, pourrait me forcer (3) de revenir trop souvent sur les mêmes idées. Elle m'engagerait, quant à l'origine, dans une discussion de faits, c'est-à-dire dans une querelle interminable (4); car, que ne trouve-t-on pas dans les faits, en cherchant comme l'on cherche? J'aime encore mieux supposer, si l'on veut (5), aux privilèges, l'origine la plus pure. Leurs partisans, c'est-à-dire à peu près tous ceux qui en profitent, ne peuvent exiger (6) davantage.

Tous les privilèges, sans distinction, ont certainement pour objet ou de *dispenser* de la loi, ou de donner un *droit exclusif* à quelque chose qui n'est pas défendu par la loi. Ce qui constitue le privilège (7) est d'être hors du droit commun, et l'on ne peut en

---

(1) *Var.* : Bouleverser, il ne faudra que. — (2) *Var.* : J'aurais voulu. — (3) *Var.* : M'eût forcé. — (4) *Var.* : D'ailleurs, quant à l'origine, elle m'eût jeté dans une fastidieuse et interminable discussion de faits. — (5) *Var.* : Si l'on m'y force. — (6) *Var.* : Demander. — (7) *Var.* : L'essence du privilège.

sortir que de l'une ou de l'autre de ces deux manières. Nous allons examiner, sous ce double point de vue, tous les privilèges à la fois (1).

Demandons-nous d'abord quel est l'objet de la loi. C'est sans doute d'empêcher qu'il ne soit porté atteinte à la liberté ou à la propriété de quelqu'un. On ne fait pas des lois pour le plaisir d'en faire. Celles qui n'auraient pour effet que de gêner mal à propos la liberté des citoyens seraient contraires à la fin de toute association; il faudrait se hâter de les abolir.

Il est une *loi-mère* d'où toutes les autres doivent découler : *Ne fais point de tort à autrui*. C'est cette grande loi naturelle que le législateur donne (2) en quelque sorte en détail dans (3) les diverses applications qu'il en fait pour le bon ordre de la société; d'où résultent toutes les (4) lois positives. Celles qui peuvent empêcher qu'on ne fasse du tort à autrui sont bonnes; celles qui ne serviraient à ce but ni médiatement, ni immédiatement, sont nécessairement mauvaises; car elles gênent la liberté et sont opposées aux véritables bonnes lois.

Le long asservissement des esprits a introduit les préjugés les plus déplorables. Le peuple croit presque de bonne foi qu'il n'a droit qu'à ce qui lui est permis par des lois expresses. Il semble ignorer que la liberté est antérieure à toute société, à tout législateur; que les hommes ne se sont réunis que pour mettre leurs droits à couvert des entreprises des méchants, et pour se livrer, à l'abri de cette sécurité, à un développement plus étendu, plus énergique et plus fécond en jouissances de leurs facultés morales et physiques. Le législateur est établi, non pour accorder, mais pour protéger nos droits. S'il borne notre liberté, ce ne peut être que pour les actes qui seraient nuisibles à la société, et, par conséquent, la liberté civile s'étend à tout ce que la loi ne défend pas (5).

---

(1) *Var.* : En saisissant donc notre sujet sous ce double point de vue, on doit convenir que tous les privilèges à la fois seront, à juste titre, enveloppés dans le jugement qui pourra résulter de cet examen. — (2) *Var.* : Distribue. — (3) *Var.* : Par. — (4) *Var.* : De là sortent les. — (5) *Var.* : Quand même elles ne manifesteraient point une intention malfaisante, sont pourtant mauvaises; car, d'abord, elles gênent la liberté; et puis, ou elles tiennent la place des véritablement bonnes lois, ou au moins elles les repoussent de toutes leurs forces. Hors de la loi, tout est libre : hors de ce qui est garanti à quelqu'un par la loi, chaque chose appartient à tous. Cependant, tel est le déplorable effet du long asservissement des esprits, que les peuples, loin de connaître leur

A l'aide de ces principes élémentaires, nous pouvons (1) juger les privilèges. Ceux qui auraient pour objet de dispenser de la loi ne peuvent pas se soutenir ; toute loi, avons-nous observé, dit ou directement ou indirectement : *Ne fais pas tort à autrui ;* ce serait donc dire aux privilégiés : *Permis à vous de faire tort à autrui.* Il n'est pas de pouvoir à qui il soit donné de faire une pareille (2) concession. Si la loi est bonne, elle doit obliger tout le monde ; si elle est mauvaise, il faut l'anéantir : elle est un attentat contre la liberté.

Pareillement, on ne peut donner à personne un droit exclusif à quelque chose (3) qui n'est pas défendu par la loi ; ce serait ravir aux citoyens une portion de leur liberté. Tout ce qui n'est pas défendu par la loi, avons-nous observé aussi, est du domaine de la liberté civile et appartient à tout le monde. Accorder un privilège exclusif à quelqu'un sur ce qui appartient à tout le monde, ce serait faire tort à tout le monde, pour quelqu'un. Ce qui présente à la fois l'idée de l'injustice et de la plus absurde déraison.

Tous les privilèges sont donc, par la nature des choses, injustes, odieux et contradictoires à la fin suprême de toute société politique.

Les privilèges *honorifiques* ne peuvent être sauvés de la proscription générale, puisqu'ils ont un des caractères que nous venons de remarquer (4,) celui de donner un droit exclusif à ce qui n'est pas défendu par la loi ; sans compter que, sous le titre hypocrite de privilèges honorifiques, il n'est presque point de profit pécuniaire

---

vraie position sociale, loin de sentir qu'ils ont le droit même de faire révoquer les mauvaises lois, en sont venus jusqu'à croire que rien n'est à eux, que ce que la loi, bonne ou mauvaise, veut bien leur accorder. Ils semblent ignorer que la liberté, que la propriété sont antérieures à tout ; que les hommes, en s'associant, n'ont pu avoir pour objet que de mettre leurs droits à couvert des entreprises des méchants et de se livrer, en même temps, à l'abri de cette sécurité, à un développement de leurs facultés morales et physiques, plus étendu, plus énergique et plus fécond en jouissances ; qu'ainsi leur propriété accrue, de tout ce qu'une nouvelle industrie a pu y ajouter dans l'état social, est bien à eux et ne saurait jamais être considérée comme le don d'un pouvoir étranger ; que l'autorité tutélaire est établie par eux ; qu'elle l'est, non pour accorder ce qui leur appartient, mais pour le protéger ; et qu'enfin chaque citoyen, indistinctement, a un droit inattaquable, non à ce que la loi permet, puisque la loi n'a rien à permettre, mais à tout ce qu'elle ne défend pas.

(1) *Var.* : Déjà. — (2) *Var.* : Telle. — (3) *Var.* : Ce. — (4) *Var.* : Citer.

qu'ils ne tendent à envahir. Mais comme, même parmi les bons
esprits, on en trouve plusieurs qui se déclarent pour ce genre
de privilèges, ou du moins qui demandent grâce pour eux, il est
bon d'examiner avec attention si réellement ils sont plus excusables
que les autres.

Pour moi, je le dirai franchement, je leur trouve un vice de
plus, et ce vice me paraît le plus grand de tous (1). C'est qu'ils
tendent à avilir le grand corps des citoyens, et, certes, ce n'est
pas un petit mal fait aux hommes que de les avilir. Il n'est pas
aisé de concevoir comment on a pu consentir à vouloir ainsi humilier vingt-cinq millions sept cent mille hommes, pour en honorer
ridiculement trois cent mille. Il n'y a assurément rien de conforme
à l'intérêt général (2).

Le titre le plus favorable à la concession d'un privilège honori-
fique serait d'avoir rendu un grand service à la patrie, c'est-à-
dire à la nation qui ne peut être que la généralité des citoyens.
Eh bien ! récompensez le membre qui a bien mérité du corps;
mais n'ayez pas l'absurde folie de rabaisser le corps vis-à-vis du
membre. La masse (3) des citoyens est toujours la chose princi-
pale, la chose qui est servie. Doit-elle, en aucun sens, être sacrifiée au serviteur à qui il n'est dû un prix que pour l'avoir servie ?

Une contradiction aussi choquante aurait dû se faire généralement sentir. Loin de là (4) : notre résultat paraîtra peut-être nouveau,
ou du moins fort étrange. C'est qu'à (5) cet égard il existe, parmi
nous, une superstition invétérée qui repousse la raison et s'offense
même du doute. Quelques peuples sauvages se plaisent à de ridicules difformités et leur rendent l'hommage dû à la beauté (6) naturelle. Chez les nations hyperboréennes, c'est à des excroissances politiques, bien plus difformes, et surtout bien autrement
nuisibles, puisqu'elles dessèchent (7) le corps social, que l'on pro-
digue de stupides hommages. Mais la superstition passe et le
corps qu'elle dégradait reparaît dans toute sa force et sa beauté
naturelle.

(1) *Var. :* Énorme. — (2) *Var. :* Concevra-t-on jamais qu'on ait pu consentir à vouloir ainsi humilier vingt-cinq millions huit cent mille individus,
pour en honorer ridiculement deux cent mille ? Le sophiste le plus adroit
voudrait-il bien nous montrer, dans une combinaison aussi anti sociale, ce
qu'il peut y voir de conforme à l'intérêt général ? (3) *Var. :* L'ensemble.
— (4) *Var. :* Et pourtant. — (5) *Var. :* A cet. — (6) *Var. :* Aux charmes.
— (7) *Var. :* Rongent et ruinent.

Quoi! dira-t-on, est-ce que vous ne voulez pas reconnaître les services rendus à l'État ? Pardonnez-moi, mais je ne fais consister les récompenses de l'État en aucune chose qui soit injuste ou avilissante ; car il ne faut pas récompenser quelqu'un aux dépens d'un autre (1). Ne confondons point deux choses aussi différentes entre elles que le sont les *privilèges* et les *récompenses*.

Parlez-vous de services ordinaires ? Il y a (2), pour les acquitter, des salaires ordinaires ou des gratifications de même nature. S'agit-il d'un service important ou d'une action d'éclat ? Offrez un avancement rapide de grade ou un emploi distingué, en raison (3) des talents de celui que vous avez à récompenser. Enfin, s'il le faut, ajoutez la ressource d'une pension, mais dans un très petit nombre de cas, et seulement lorsqu'à cause (4) des circonstances, telles que vieillesse, blessures, etc., etc., aucun autre moyen ne peut tenir lieu de récompense suffisante.

Ce n'est pas assez, dites-vous ; il nous faut encore des distinctions apparentes; nous voulons nous assurer les égards et la considération publique...

A mon tour, je vous réponds avec le simple bons sens (5) que la véritable distinction est dans le service que vous avez rendu à la Patrie, à l'humanité, et que les égards et la considération publique ne peuvent manquer d'aller où ce genre de mérite les appelle.

Laissez, laissez le public dispenser librement les témoignages de son estime. Lorsque, dans vos vues philosophiques, vous la considérez (6), cette estime, comme une monnaie morale, puissante par ses effets, vous avez raison ; mais si vous voulez que le prince s'en arroge la distribution, vous vous égarez dans vos idées. C'est (7)

---

(1) *Var. et add. :* Et surtout aux dépens de presque tous les autres. — (2) *Var. :* Existe. — (3) *Var. :* Proportion. — (4) *Var. :* Raison. — (5) *Var. :* Je dois vous répondre que. — (6) *Var. :* Regardez. — (7) *Var. :* La nature, plus philosophe que vous, a placé la vraie source de la considération dans les sentiments du peuple. C'est que chez le peuple sont les vrais besoins ; là, réside la patrie, à laquelle les hommes supérieurs sont appelés à consacrer leurs talents ; là, par conséquent, devait être déposé le trésor des récompenses qu'ils peuvent ambitionner. Les événements aveugles, les mauvaises lois, plus aveugles encore, ont conspiré contre la multitude. Elle a été déshéritée, privée de tout. Il ne lui reste que le pouvoir d'honorer de son estime ceux qui la servent; elle n'a plus que ce moyen d'exciter encore des hommes dignes de la servir. Voulez-vous la dépouiller de son dernier bien, de sa dernière réserve, et rendre ainsi sa propriété, même la plus intime, inutile à son bonheur ? Les

un bien du public ; c'est sa dernière propriété ; et la nature, plus philosophe que vous, n'a attaché le sentiment de la considération, qu'à la seule reconnaissance du peuple. C'est que là, et là uniquement, réside la patrie, là sont les véritables besoins ; ces besoins sacrés que les gouvernements dédaignent, mais qui seront éternellement l'objet adoré de la vertu et du génie. Ah ! laissez-en le prix naturel couler librement du sein de la nation, pour acquitter sa dette. Ne dérangez rien à ce sublime commerce entre les services rendus aux peuples par les grands hommes et le tribut de considération offert aux grands hommes par le peuple. Il est pur, il est vrai, il est fécond en bonheur et en vertus, tant qu'il naît de ces rapports naturels et libres. Mais (1), si la cour s'en empare, elle

administrateurs ordinaires, après avoir ruiné, avili le grand corps des citoyens, s'accoutument aisément à le négliger. Ils dédaignent, ils méprisent presque de bonne foi un peuple qui ne peut jamais être devenu méprisable que par leur crime. S'ils s'en occupent encore, ce n'est que pour en punir les fautes. Leur colère veille sur le peuple, leur tendresse n'appartient qu'aux privilégiés. Mais alors même la vertu et le génie s'efforcent encore de remplir la destination de la nature. Une voix secrète parle sans cesse au fond des âmes énergiques et pures, en faveur des faibles. Oui, les besoins sacrés du peuple seront éternellement l'objet adoré des méditations du philosophe indépendant, le but secret ou public des soins et des sacrifices du citoyen vertueux. Le pauvre, à la vérité, ne répond à ses bienfaiteurs que par des bénédictions ; mais, que cette récompense est supérieure à toutes les faveurs du pouvoir ! Ah ! laissez le prix de la considération publique couler librement au sein de la nation pour acquitter sa dette envers le génie et la vertu. Gardons-nous de violer les sublimes rapports d'humanité que la nature a été attentive à graver dans le fond de nos cœurs. Applaudissons à cet admirable commerce de bienfaits et d'hommages qui s'établit, pour la consolation de la terre, entre les besoins des peuples reconnaissants et les grands hommes surabondamment payés de tous leurs services par un simple tribut de reconnaissance. Tout est pur dans cet échange ; il est fécond en vertus, puissant en bonheur, tant qu'il n'est point troublé dans sa marche naturelle et libre.

(1) *Var.* : Mais, si la cour s'en empare, je ne vois plus dans l'estime publique qu'une monnaie altérée par les combinaisons d'un indigne monopole. Bientôt, de l'abus qu'on en fait doit sortir et se dérouler sur toutes les classes de citoyens l'immoralité la plus audacieuse. Les signaux convenus pour appeler la considération sont mal placés, ils en égarent le sentiment. Chez la plupart des hommes, ce sentiment finit par se corrompre par l'alliance même à laquelle on le force ; comment échapperait-il au poison des vices auxquels il prend l'habitude de s'attacher ? Chez le petit nombre de gens éclairés, l'estime se retire au fond du cœur, indignée du rôle honteux auquel on prétendait la soumettre ; il n'y a donc plus d'estime réelle : et pourtant son langage, son maintien subsistent dans la société, pour prostituer de faux honneurs publics, aux intrigants, aux favoris, souvent aux hommes les plus coupables.

Dans un tel désordre de mœurs, le génie est persécuté : la vertu est

le corrompt, elle le perd. L'estime publique va s'égarer dans les canaux empoisonnés de l'intrigue, de la faveur, ou d'une criminelle complicité. La vertu et le génie manquent de récompense, et, à côté, une foule de signes et de décorations diversement bigarrées commandent impérieusement le respect et les égards envers la médiocrité, la bassesse et le vice; enfin, les honneurs étouffent l'honneur, et les âmes sont dégradées.

Mais je veux bien que, vertueux vous-même, vous ne confondiez jamais celui qui est digne de récompense avec celui qu'il faudrait punir ; au moins, faut-il convenir que la distinction que vous avez accordée, si celui qui la porte vient à dégénérer, ne peut servir qu'à faire honorer un homme bas, peut-être un ennemi de la patrie. Vous avez aliéné, sans retour, en sa faveur, une portion de la considération publique.

Au contraire, l'estime qui émane des peuples, nécessairement libre, se retire à l'instant qu'elle cesse d'être méritée.

C'est là le seul prix toujours proportionné à l'âme du citoyen vertueux; le seul propre à inspirer de bonnes actions, et non à irriter la soif de la vanité et de l'orgueil; le seul qu'on puisse rechercher et obtenir sans manœuvres et sans bassesse (1).

Encore une fois, laissez les citoyens faire les honneurs de leurs sentiments et se livrer d'eux-mêmes à cette expression si flatteuse, si encourageante, qu'ils savent leur donner comme par inspiration ; et vous connaîtrez alors, au libre concours de toutes les âmes qui

---

ridiculisée; et, à côté, une foule de signes et de décorations diversement bigarrées commandent impérieusement le respect envers la médiocrité, la bassesse et le crime. Comment les honneurs ne parviendront-ils pas à étouffer l'honneur, à corrompre tout à fait l'opinion et à dégrader toutes les âmes ?

En vain prétendriez-vous que, vertueux vous-même, vous ne confondrez jamais le charlatan habile ou vil courtisan, avec le bon serviteur qui présente de justes titres aux récompenses publiques : à cet égard, l'expérience atteste vos nombreuses erreurs. Et après tout, ne devez-vous pas convenir au moins que ceux à qui vous avez livré vos étranges brevets d'honneur, peuvent ensuite dégénérer dans leurs sentiments, dans leurs actions ? Ils continueront pourtant à exiger, à attirer les hommages de la multitude. Ce sera donc pour des citoyens indignes, pour des hommes notés peut-être par nos justes mépris, que vous aurez aliéné sans retour une portion de la considération publique.

(1) Var. : Il n'en est pas ainsi de l'estime qui émane des peuples. Nécessairement libre, elle se retire lorsqu'elle cesse d'être méritée. Plus pure dans son principe, plus naturelle dans ses mouvements, elle est aussi plus certaine dans sa marche, plus utile dans ses effets.

ont de l'énergie, aux efforts multipliés dans tous les genres de bien, ce que doit produire, pour l'avancement social, le grand ressort de l'estime publique (1).

Mais votre paresse et votre orgueil s'accommodent mieux des privilèges. Je le vois, vous demandez moins à être distingué *par* vos concitoyens, que vous ne cherchez à être distingué *de* vos concitoyens (2). Si (3) cela est, vous ne méritez ni l'un ni l'autre, et ce ne peut plus être de vous qu'il s'agit, quand on s'occupe des récompenses à décerner au mérite.

(1) Je parle, au surplus, d'une nation libre ou qui va le devenir. Il est bien certain que la dispensation des honneurs publics ne peut point appartenir à un peuple esclave. Chez un peuple esclave, la monnaie morale est toujours fausse, quelle que soit la main qui la distribue. (Note de la 2ᵉ édition.)

(2) Quand on devrait accuser cette note d'être un peu *métaphysique*, sans connaître la valeur de ce mot devenu si effrayant pour les esprits inattentifs, je dirai que la distinction *de* n'est rien que *différence* : elle appartient aux deux termes à la fois ; car, si A est distingué *de* B, il est clair que, par la même raison, B sera distingué *de* A. Ainsi A et B sont entre eux, comme l'on dit, à deux de jeu. Il faut bien que tous les individus, tous les êtres soient différents l'un de l'autre. Il n'y a pas là de quoi s'enorgueillir, ou tous y auraient le même droit. Dans la nature, la supériorité ou l'infériorité ne sont pas des choses de droit, mais des choses de fait : celui-là devient supérieur, qui l'emporte sur l'autre. Cet avantage de fait suppose, à la vérité, plus de force d'un côté que d'autre : mais, si l'on veut en venir à ce premier titre, de quel côté sera la supériorité ? A qui croyez-vous qu'elle appartienne, au corps des citoyens ou aux privilégiés ?

La distinction *par* est, au contraire, le principe social le plus fécond en bonnes actions, en bonnes mœurs, etc. Mais, si son siège est dans l'âme de ceux qui *distinguent*, et non dans la main de celui qui prétend dispenser les distinctions ; si c'est un sentiment de leur part, et ce ne peut pas être autre chose sans cesser d'être une vérité, il faut dire aussi que ce sentiment est essentiellement libre, et qu'il y a une extrême folie, à qui que ce soit, de vouloir disposer malgré moi de mon estime et de mes hommages. (Note de la 2ᵉ édition.)

(3) *Var.* : Le voilà donc manifesté, ce sentiment secret, ce désir inhumain, plein d'orgueil, et pourtant si honteux, que vous vous efforciez de le cacher sous l'apparence de l'intérêt public. Ce n'est pas à l'estime ou à l'amour de vos semblables que vous aspirez ; vous n'obéissez, au contraire, qu'aux irritations d'une vanité hostile contre des hommes dont l'égalité vous blesse. Vous faites, au fond de votre cœur, un reproche à la nature de n'avoir pas rangé vos concitoyens dans des espèces inférieures destinées uniquement à vous servir. Pourquoi tout le monde ne partage-t-il pas l'indignation qui m'anime ? Certes, vous étiez loin d'avoir un intérêt personnel à la question qui nous occupe. Il s'agissait des récompenses à décerner au mérite, et non des châtiments qu'il faudrait, dans un Etat policé, infliger aux plus perfides ennemis de la félicité sociale.

De ces considérations générales sur les privilèges honorifiques, descendons (1) dans leurs *effets*, soit relativement à l'intérêt public, soit relativement à l'intérêt des privilégiés eux-mêmes.

Au moment où le prince (2) imprime à un citoyen le caractère de privilégié, il ouvre l'âme de ce citoyen à un intérêt particulier, et la ferme plus ou moins aux inspirations de l'intérêt commun. L'idée de patrie se resserre pour lui ; elle se renferme dans la caste où il est adopté. Tous ses efforts, auparavant employés avec fruit au service de la chose nationale, vont se tourner contre elle. On voulait l'encourager à mieux faire ; on n'a réussi qu'à le dépraver.

Alors naît dans son âme (3) une sorte de besoin de primer, un désir insatiable de domination. Ce désir, malheureusement trop analogue à la constitution humaine est une vraie maladie antisociale (4) ; il n'est personne qui n'ait dû le sentir mille fois, et, si par son essence il doit toujours être nuisible, qu'on juge de ses ravages, lorsque l'opinion et la loi viennent lui prêter leur puissant appui.

Pénétrez un moment dans les nouveaux sentiments d'un privilégié. Il se considère avec ses collègues comme faisant un ordre à part, une nation choisie dans la nation. Il pense qu'il se doit d'abord à ceux de sa caste, et s'il continue à s'occuper des autres, ce ne sont plus, en effet, que les *autres*, ce ne sont plus les siens. Ce n'est plus ce corps dont il était membre. Ce n'est que le *peuple*, le peuple qui bientôt dans son langage, ainsi que dans son cœur, n'est qu'un assemblage de *gens de rien,* une classe d'hommes créée tout exprès pour servir, au lieu qu'il est fait, lui, pour commander et pour jouir.

Oui, les privilégiés en viennent réellement à se regarder comme une autre espèce d'hommes (5). Cette opinion, en apparence si exagérée, et qui ne paraît pas s'allier avec la notion du (6) privilège, en devient insensiblement comme la conséquence

---

(1) *Var.:* Descendons maintenant dans. — (2) *Var.:* Les ministres.
(3) *Var.:* Cœur. — (4) *Var.:* Antisociale, et si par son essence, etc. —
(5) Comme je ne veux pas qu'on m'accuse d'exagérer, *lisez* à la fin une pièce authentique et curieuse (a) que je tire du procès-verbal de l'ordre de la noblesse aux États de 1614.
(6) *Var.:* Renfermée dans.

(a) *Var.:* Authentique que.

naturelle, et finit par s'établir dans tous les esprits. Je le demande à tout privilégié franc et loyal, comme sans doute il s'en trouve : lorsqu'il voit auprès de lui un homme du peuple, qui n'est pas venu là pour se faire protéger, n'éprouve-t-il pas, le plus souvent, un mouvement involontaire de répulsion, prêt à s'échapper, sur le plus léger prétexte, par quelque parole dure ou quelque geste méprisant (1) ?

Le faux sentiment d'une supériorité personnelle est tellement cher aux privilégiés, qu'ils veulent l'étendre à tous leurs rapports avec le reste des citoyens. Ils ne *sont point faits* pour être *confondus*, pour être *à côté*, pour (2) se trouver *ensemble*, etc., etc. C'est se *manquer* essentiellement, que de disputer, que de paraître avoir tort quand on a tort ; c'est se *compromettre* même que d'avoir raison avec, etc., etc…

Mais il faut voir surtout dans les campagnes éloignées, dans les vieux châteaux, comment le sentiment se nourrit et s'enfle au sein d'une orgueilleuse oisiveté. C'est là qu'on se respecte, qu'on sait tout ce que vaut un *homme comme il faut*, qu'on méprise les autres tout à son aise ! C'est là qu'on caresse, qu'on idolâtre de bonne foi sa haute dignité, et quoique tout l'effort d'une telle superstition ne puisse donner à une aussi ridicule erreur le moindre degré de réalité, n'importe, le privilégié y croit avec autant d'amour, avec autant de conviction, que le fou du Pirée croyait à sa chimère (3).

---

(1) *Var.* : Offensant. — (2) *Var.* : Pour être à côté, pour concourir, ou se.

(3) *Var.* : Mais rien n'est plus curieux, à cet égard, que le spectacle qui s'offre dans des campagnes éloignées de la capitale. C'est là que le noble sentiment de sa supériorité se nourrit et s'enfle à l'abri de la raison et des passions des villes. Dans les vieux châteaux, le privilégié se respecte mieux, il peut se tenir plus longtemps en extase devant les portraits de ses ancêtres et s'enivrer plus à loisir de l'honneur de descendre d'hommes qui vivaient dans les treizième et quatorzième siècles; car il ne soupçonne pas qu'un tel avantage puisse être commun à toutes les familles. Dans son opinion, c'est un caractère particulier à certaines races.

Souvent il présente, avec toute la modestie possible, au respect des étrangers, cette suite d'aïeux, dont la vue a si souvent excité en lui les rêves les plus doux. Mais il s'arrête peu sur le père ou le grand-père (ces mots ont même je ne sais quoi d'offensant pour la dignité d'une langue privilégiée). Ses ancêtres les plus reculés sont les meilleurs, ils sont les plus près de son amour comme de sa vanité.

J'ai vu de ces longues galeries d'images paternelles. Elles ne sont pas précieuses par l'art du peintre, ni même, il faut l'avouer, par le sentiment

La vanité, qui pour l'ordinaire est individuelle et se plaît à s'isoler, se transforme ici promptement en un esprit de corps indomptable.

de la parenté (a); mais qu'elles sont sublimes par les souvenirs de temps et des mœurs de la *bonne féodalité!*

C'est dans les châteaux qu'on sent avec enthousiasme, ainsi qu'il faut sentir les beaux-arts, tout l'effet d'un arbre généalogique, à rameaux touffus et à tige élancée. C'est là qu'on connaît, à n'en rien oublier, même dans les plus petites occasions, tout ce que *vaut* un homme comme il *faut*, et le rang dans lequel il faut placer tout le monde (b).

Auprès de ces hautes contemplations, combien paraissent petites et méprisables les occupations des *gens* de la ville! S'il était permis d'en prononcer le véritable nom, on pourrait se demander : Qu'est-ce qu'un *bourgeois* près d'un bon privilégié? Celui-ci a sans cesse les yeux sur le noble temps *passé.* Il y voit tous ses titres, toute sa force, il vit de ses ancêtres. Le bourgeois, au contraire, les yeux toujours fixés sur l'ignoble *présent,* sur l'indifférent *avenir,* prépare l'un et soutient l'autre par les ressources de son industrie. Il est, au lieu d'avoir été; il essuye la peine et, qui pis est, la honte d'employer toute son intelligence, toute sa force à notre service actuel, et de vivre de son travail nécessaire à tous. Ah ! pourquoi le privilégié ne peut-il aller dans le *passé* jouir de ses titres, de ses grandeurs, et laisser à une stupide nation le *présent* avec toute son ignobilité!

Un bon privilégié se complaît en lui-même, autant qu'il méprise les autres. Il caresse, il idolâtre sérieusement sa dignité personnelle ; et quoique tout l'effort d'une telle superstition ne puisse prêter à d'aussi ridicules erreurs le moindre degré de réalité, elles n'en remplissent pas moins toute la capacité de son âme ; le privilégié s'y abandonne avec autant d'amour, que le fou du Pirée croyait à sa chimère.

(a) Qui n'a pas entendu, dans ces moments, le démonstrateur faire des réflexions aimables sur *celui-ci, qui, en douze cent et tant, était un rude chrétien : ses vassaux n'avaient pas beaujeu.* etc. ......; sur *celui-là* (bien entendu qu'on en prononce le nom ancien) *qui, s'étant maladroitement engagé dans une trahison, paya de sa tête,* etc... mais toujours en *douze cent...* Je veux raconter à ce sujet le propos assez récent d'une dame qui, dans un cercle nombreux et *bien composé,* blâmait à outrance la conduite, criminelle en effet, de quelqu'un d'une des plus grandes maisons du royaume. Tout à coup, elle s'interrompt pour dire, d'un air difficile à peindre : « Mais, je ne sais pourquoi j'en dis tant de mal, car j'ai *l'honneur* de lui appartenir. »

(b) Je renonce à saisir toutes les nuances, toutes les finesses du langage habituel des privilégiés. Nous aurions besoin pour cette langue d'un dictionnaire particulier qui serait neuf par plus d'un endroit; car, au lieu d'y présenter le sens propre ou métaphorique des mots, il s'agirait, au contraire, de détacher des mots leur véritable sens, pour ne rien laisser dessous qu'un vide pour la raison, mais d'admirables profondeurs pour le préjugé : nous y lirions ce que c'est qu'être privilégié d'un privilège qui n'a pas *commencé.* Ceux qui en ont de cette nature sont *des bons.* Ils sont, par la *grâce* de Dieu, bien différents de cette foule de nouveaux privilégiés qui sont par la *grâce* du prince. On ne compte pas des citoyens qui, n'aspirant pas à être par *grâce,* sont réduits à ne se montrer que par leurs qualités personnelles : c'est fort peu de chose ; c'est la nation. Nous apprendrions, dans ce nouveau dictionnaire, qu'il n'y a de

Un privilégié vient-il à éprouver la moindre difficulté de la part de la classe qu'il méprise ; d'abord il s'irrite ; il se sent blessé dans sa prérogative ; il croit l'être dans son bien, dans sa propriété : et bientôt il excite, il enflamme tous ses co-privilégiés, et il vient à bout de former une confédération terrible, prête à tout sacrifier pour le maintien, puis pour l'accroissement de son odieuse prérogative.

C'est ainsi que l'ordre politique se renverse, et ne laisse plus voir qu'un détestable aristocracisme.

Cependant, dira-t-on, on est poli dans la société avec les non-privilégiés, comme avec les autres. Ce n'est pas moi qui ai remarqué, le premier, le caractère de la politesse française. Le privilégié français n'est pas poli parce qu'il le doit (1) aux autres,

(1) *Var.* :-Il croit le devoir.

la *naissance* que pour ceux qui n'ont point d'*origine*. Les privilégiés du prince, eux-mêmes, n'osent pas penser avoir plus d'une *demi-naissance*, et la nation n'en a point. Il serait superflu de remarquer que la naissance dont il s'agit ici n'est pas celle qui vient d'un père et d'une mère ; mais celle que le prince donne avec un brevet et sa signature, ou mieux encore, celle qui vient de je ne sais où : c'est la plus estimée. Si vous avez cru, par exemple, que tout homme a nécessairement son père, son grand-père, ses aïeux, etc., etc., vous vous êtes trompé. A cet égard, la certitude physique ne suffit pas, il n'y a de valable que l'attestation de M. Cherin. Pour être *ancien*, il faut être *des bons*, nous l'avons dit. Les nouveaux privilégiés sont *des hommes d'hier* ; et les citoyens non privilégiés, je ne sais que vous dire, si ce n'est qu'apparemment ils ne sont pas encore nés. Je suis émerveillé, je l'avoue, du talent avec lequel les privilégiés prolongent à perte de vue, sans jamais se perdre, ces sublimes quoique incessables conversations. Les plus curieux à entendre, à mon avis, sont ceux qui, constamment à genoux devant leur propre *honneur*, leurs propres prétentions, rient pourtant de si bon cœur des mêmes prétentions chez les autres. Je soutiens que les opinions des privilégiés sont à la hauteur de leurs sentiments ; et, pour en donner une nouvelle preuve, je vais exposer, d'après leur manière de voir, le vrai tableau d'une société politique. Ils la composent de six à sept classes subordonnées les unes aux autres. Dans la première, sont *les grands seigneurs*, c'est-à-dire cette partie des gens de la cour, en qui sont réunies la naissance, une grande place et l'opulence. La seconde classe comprend les *présentés* connus, ceux qui *paraissent* : ce sont les gens de *qualité*. En troisième ligne, viennent les *présentés* inconnus, qui n'en voulaient qu'aux honneurs de la gazette : ce sont les gens de *quelque chose*. 4°. On confond dans la classe de *non-présentés*, qui peuvent cependant être *bons*, tous les *gentillâtres* de province : c'est l'expression dont ils se servent. Dans la cinquième classe, il faut mettre les *anoblis* un peu anciens, ou gens de *néant*. Dans la sixième, se présentent ou plutôt sont relégués les nouveaux *anoblis* ou gens *moins que rien*. Enfin, et pour ne rien oublier, on veut bien laisser dans une septième division le reste des citoyens, qu'il n'est pas possible de caractériser autrement que par des injures. Tel est l'ordre social pour le préjugé régnant, et je ne dis rien de nouveau, que pour ceux qui ne sont pas de ce monde. (Notes de la 2e édition.)

mais parce qu'il croit le *devoir* (1) à lui-même. Ce n'est pas les droits d'autrui qu'il respecte, c'est soi, c'est sa dignité. Il ne veut point par ses manières être confondu (2) avec ce qu'on nomme *mauvaise compagnie*. Que dirai-je? Il craindrait que l'objet de sa politesse ne le prît pour un *non-privilégié comme lui*.

... Gardons-nous de nous laisser séduire par ces apparences grimacières et trompeuses ; ayons (3) le bon esprit de ne voir en elles que ce qui y est, un orgueilleux attribut de ces mêmes privilèges que nous détestons.

Pour expliquer cette soif si ardente (4) d'acquérir les privilèges, on pensera peut-être, que du moins, au prix du bonheur public, il s'est composé, en faveur des privilégiés, un genre de félicité particulière, par (5) le charme enivrant de cette supériorité dont le petit nombre jouit, auquel un grand nombre aspire, et dont les autres sont réduits à se venger par les ressources de l'envie ou de la haine.

Oublierait-on (6) que la nature n'imposa jamais des lois impuissantes ou vaines, et qu'elle a arrêté de ne départir le bonheur aux hommes que dans l'égalité? on ignorerait donc que c'est (7) un échange perfide que celui qui est offert par la vanité, contre cette multitude de sentiments naturels dont la félicité réelle se compose?

Écoutons là-dessus notre propre expérience (8), ouvrons les

(1) *Var.:* Il croit se le devoir. — (2) *Var.:* Être confondu, par des manières vulgaires. — (3) *Var.* : Ah! gardez-vous..... Ayez .... — (4) *Var.* : La soif ardente. — (5) *Var.* : Dans. — (6) *Var.* : Mais oublierait-on. — (7) *Var.* : Et que c'est.

(8) La société est pour tous ceux que le sort n'a pas condamnés à un travail sans relâche, la source la plus pure et la plus féconde (*a*) de jouissances agréables : on le sent, et le peuple qui se croit le plus civilisé se vante aussi d'avoir la meilleure société. Où doit être la bonne (*b*) société? Là, sans doute, où les hommes qui se conviendraient le mieux pourraient se rapprocher librement, et ceux qui ne se conviendraient pas, se séparer sans obstacle ; là où, dans un nombre donné d'hommes, il y en aurait davantage qui posséderaient les talents et l'esprit de société, et où le choix, parmi eux, ne serait embarrassé d'aucune considération étrangère au but qu'on se propose en se réunissant. Qu'on dise si les préjugés d'état ne s'opposent point de toutes les manières à cet arrangement si simple ? Combien de maîtresses de maisons sont forcées d'éloigner les hommes qui les intéresseraient le plus, par égard pour les hauts privilégiés qui les ennuient ! Vous avez beau, dans vos sociétés si vantées et si insipides, *singer* cette

(*a*) *Var.:* Une source pure et féconde. — (*b*) *Var.* : Meilleure.

yeux sur celle de tous les grands privilégiés, de tous les grands mandataires que leur état expose à jouir, dans les provinces, de tous les (1) prétendus charmes de la supériorité. Elle fait tout pour eux, cette supériorité ; cependant ils se trouvent seuls, l'ennui fatigue leur âme et venge les droits de la nature. Voyez, à l'ardeur impatiente avec laquelle ils reviennent chercher des égaux dans la capitale, combien il est insensé de semer continuellement sur le terrain de la vanité, quand on n'y peut (2) recueillir que les ronces de l'orgueil et les pavots de l'ennui.

Nous ne confondons point avec la supériorité absurde et chimérique, qui est l'ouvrage des privilèges (3), cette supériorité légale qui suppose seulement des gouvernants et des gouvernés. Celle-ci est réelle ; elle est nécessaire. Elle n'enorgueillit pas les uns, elle n'humilie pas les autres : c'est une supériorité de fonctions, et non de personnes ; or, si (4) cette supériorité même ne peut dédommager des douceurs de l'égalité, que doit-on penser de la chimère dont se repaissent les simples privilégiés ?

Ah ! si les hommes voulaient connaître leurs intérêts ; s'ils savaient faire quelque chose pour leur bonheur ! S'ils consentaient à ouvrir enfin les yeux sur la cruelle imprudence qui leur a fait dédaigner si longtemps les droits de citoyens libres, pour les vains privilèges de la servitude ; comme ils se hâteraient d'abjurer les nombreuses vanités auxquelles ils ont été dressés dès l'enfance ! Comme ils se méfieraient d'un ordre de choses qui s'allie si bien avec le despotisme ! Les droits de citoyen embrassent tout ; les privilèges gâtent tout et ne dédommagent de rien (5).

Jusqu'à présent, j'ai confondu tous les privilèges, ceux qui sont héréditaires avec ceux que l'on obtient soi-même ; ce n'est pas qu'ils soient tous également nuisibles, également dangereux dans l'état social. S'il y a des places dans l'ordre des maux et de l'absurdité, sans doute les privilèges héréditaires y doivent occuper la

égalité dont vous ne pouvez vous dispenser de sentir l'absolue nécessité, ce n'est pas dans des instants passagers où (a) les hommes peuvent se modifier intérieurement, au point de devenir les uns pour les autres tout ce qu'ils seraient sans doute, si l'égalité était la réalité de toute la vie, plutôt que le jeu de quelques moments. Cette matière serait inépuisable : je ne puis qu'indiquer quelques vues.

(1) *Var.* : Des prétendus. — (2) *Var.* : Pour n'y. — (3) *Var.* : Privilégiés. — (4) *Var.* : Puisque. — (5) *Var.* : Rien, que chez des esclaves.

(a) *Var.* : Que.

première, et je n'abaisserai pas ma raison jusqu'à prouver une vérité si palpable. Faire d'un privilège une propriété transmissible, c'est vouloir s'ôter jusqu'aux faibles prétextes par lesquels on cherche à justifier la concession des privilèges; c'est renverser tout principe, toute raison.

D'autres observations jetteront un nouveau jour sur les funestes effets des privilèges. Remarquons auparavant une vérité générale: c'est qu'une fausse idée n'a besoin que d'être fécondée par l'intérêt personnel et soutenue de l'exemple de quelques siècles pour corrompre à la fin tout l'entendement. Insensiblement, et de préjugés en préjugés, on en vient à se former un corps de doctrine qui présente l'extrême de la déraison et ce qu'elle a de plus révoltant, sans jamais parvenir à ébranler la longue et superstitieuse crédulité des peuples (1).

Ainsi, voyons-nous s'élever sous nos yeux, et sans que la nation songe même à réclamer, de nombreux essaims de privilégiés, dans une religieuse (2) persuasion qu'ils ont (3) une sorte de droit acquis par la seule naissance aux *honneurs* et par leur simple existence à une portion du tribut des peuples.

Ce n'était pas assez, en effet, que les privilégiés se regardassent comme une autre espèce d'hommes; ils en sont venus à se regarder (4) modestement, et presque de bonne foi, eux et leurs descendants, comme un *besoin* des peuples, non comme fonctionnaires de la chose publique; à ce titre, ils ressembleraient à l'universalité des mandataires publics, de quelque classe qu'on les tire. C'est comme formant un corps privilégié qu'ils s'imaginent être nécessaires à toute société qui vit sous un régime monarchique. S'ils parlent aux chefs du gouvernement, ou au monarque lui-même, ils se présentent comme l'appui du trône et ses défenseurs naturels contre le peuple; si, au contraire, ils parlent à la nation, ils deviennent alors les vrais défenseurs d'un peuple qui, sans eux, serait bientôt écrasé par le despotisme (5).

Avec un peu plus de lumières, le gouvernement verrait qu'il ne

---

(1) *Var.* : On tombe dans un corps de doctrine qui présente l'extrême de la déraison, et, ce qu'il y a de plus révoltant, sans que la longue et superstitieuse crédulité des peuples en soit plus ébranlée. — (2) *Var.* : Une forte et presque religieuse. — 3) *Var.* : Ont un droit acquis aux honneurs, par leur naissance, et à une portion du tribut des peuples, par cela seul qu'ils continuent de vivre. C'est pour eux un titre suffisant. — (4) *Var.* : Devaient se considérer modestement. — (5) *Var.* : La royauté.

faut dans une société que des citoyens vivant et agissant sous
la protection de la loi, et une autorité tutélaire chargée de veiller
et de protéger. La seule hiérarchie nécessaire, nous l'avons dit,
s'établit entre les agents de la souveraineté ; c'est là qu'on a besoin
d'une gradation de pouvoirs, c'est là que se trouvent les vrais rapports d'inférieur à supérieur, parce que la machine publique ne
peut se mouvoir qu'au moyen de cette correspondance.

Hors de là, il n'y a que des citoyens égaux devant la loi, tous
dépendants, non les uns des autres, ce serait une servitude inutile,
mais de l'autorité qui les protège, qui les juge, qui les défend, etc.
Celui qui jouit des plus grandes possessions, n'est pas *plus*
que celui qui jouit de son salaire journalier. Si le riche paye plus
de contributions, il offre plus de propriétés à protéger. Mais le
denier du pauvre serait-il moins précieux, son droit moins respec-
table ? et sa sécurité (1) ne doit-elle pas reposer sous une protection au moins égale ?

C'est en confondant ces notions simples, que les privilégiés,
parlent sans cesse de la nécessité d'une subordination (2). L'esprit
militaire veut juger des rapports civils et ne voit une nation que
comme une grande caserne. Dans une brochure nouvelle on a (3)
osé établir une comparaison entre les soldats et les officiers
d'un côté, et, de l'autre, les privilégiés et les non-privilégiés ! Si
vous consultiez l'esprit monacal, qui a tant de rapport avec l'esprit
militaire, il répondrait (4) aussi qu'il n'y aura de l'ordre dans une nation que quand on l'aura soumise aux règlements (5) qui gouver-
nent ses nombreuses victimes. L'esprit monacal conserve parmi
nous, sous un nom moins avili, plus de faveur qu'on ne pense.

Toutes ces vues (6) ne peuvent appartenir qu'à des gens qui ne
connaissent rien aux vrais rapports qui lient les hommes dans l'état
social. Un citoyen, quel qu'il soit, qui n'est point mandataire de
l'autorité, a autre chose à faire que de (7) s'occuper à améliorer
son sort, de jouir de ses droits, sans blesser les droits d'autrui,
c'est-à-dire sans manquer à la loi. Tous les rapports de citoyen à
citoyen sont des rapports libres. L'un donne son temps ou sa mar-

(1) *Var.* : Sa personne. — (2) *Var.* : Subordination étrangère à celle qui
nous soumet au gouvernement et à la loi. — (3) *Var.* : N'a-t-on pas. —
(4) *Var.* : Prononcerait. — (5) *Var.* : A cette foule de règlements de détail
avec lesquels il maîtrise. — (6) *Var.* : Disons-le tout à fait : des vues aussi
mesquines, aussi misérables. — (7) *Var.* : Est entièrement maître de ne
ne s'occuper qu'à.

chandise, l'autre rend en échange son argent; il n'y a point là de subordination, mais un échange continuel... (1). Si dans votre étroite politique, vous distinguez un corps de citoyens pour le mettre entre le gouvernement et les peuples, ou ce corps 'partagera les fonctions du gouvernement, et alors ce ne sera pas la classe privilégiée dont nous parlons; ou bien il n'appartiendra pas aux fonc-

---

(1) Je crois important pour la facilité de la conversation, de distinguer les deux hiérarchies dont nous venons de parler, par les noms de *vraie* et de *fausse* hiérarchie. La gradation entre les gouvernants et l'obéissance des gouvernés (a) forme la véritable hiérarchie nécessaire, dans toutes les sociétés. Celle des gouvernés, entre eux, n'est qu'une fausse hiérarchie, inutile, odieuse, reste informe d'opinions féodales qui ne sont plus établies sur rien de réel. Pour (b) concevoir une subordination (c) entre les gouvernés, il faut supposer une troupe armée, s'emparant d'un pays, se rendant propriétaire, et conservant, pour la défense commune, les mêmes rapports (d) de la discipline militaire. C'est que, là, le gouvernement est fondu dans l'état civil (e). Il n'en est pas distingué. Chez nous, au contraire, les différentes branches du pouvoir public existent à part et sont organisées, y compris une armée immense, de manière à n'exiger des simples citoyens que la (f) contribution pour acquitter les charges publiques. Qu'on ne s'y trompe point : au milieu de tous les noms de *subordination*, de *dépendance*, etc., que, les privilégiés invoquent avec tant de clameur, ce n'est pas l'intérêt de la véritable subordination qui les conduit; ils ne font cas que de la *fausse* hiérarchie; c'est celle-ci qu'ils voudraient rétablir sur les débris de la véritable. Écoutez-les lorsqu'ils parlent des agents ordinaires du gouvernement; voyez avec quel dédain un bon privilégié croit devoir les traiter. Que voient-ils dans un lieutenant de police ? Un homme de peu ou de rien, établi pour faire peur au peuple (g). Mais pour eux, comme ils mépriseraient un ordre venant de ce magistrat ! Je m'arrête à cette idée : qu'on dise de bonne foi s'il est un seul privilégié qui se croie inférieur (h) au lieutenant de police ? Comment regardent-ils les autres magistrats et les mandataires (i) des différentes branches du pouvoir exécutif, excepté (j) ceux qui sont dans la seule hiérarchie militaire ? Est-il si rare de les entendre dire : « Je ne suis pas *fait pour* me soumettre au ministre : si le Roi me fait l'honneur de me donner des ordres, à la bonne heure (k), etc. » J'abandonne ce sujet à l'imagination du lecteur (l). Il était bon de faire remarquer que les véritables ennemis de la subordination et de la vraie hiérarchie, ce sont ces hommes-là mêmes qui prêchent avec tant d'ardeur la soumission à la *fausse* hiérarchie.

(a) *Var.* : Envers les différents pouvoirs légaux, forme. — (b) *Var.* : D'opinions féodales. Pour. — (c) *Var.* : Subordination possible entre les gouvernés, il faudrait. — (d) *Var.* : Les rapports habituels. — (e) *Var.* : Civil : ce n'est pas un peuple, c'est une armée. — (f) *Var.* : Qu'une. — (g) *Var.* : Peuple, et non pour se mêler de tout ce qui peut regarder les gens *comme il faut.* L'exemple que je cite est à la portée de tout le monde. — (h) *Var.* : Subordonné. — (i) *Var.* : Regardent-ils les autres mandataires. — (j) *Var.* : Excepté les seuls chefs militaires. — (k) *Var.* : Ordres, etc. — (l) *Var.* : Imagination ou plutôt à l'expérience du lecteur.

tions essentielles du pouvoir public, et alors qu'on m'explique ce que peut être un corps intermédiaire, si ce n'est une masse étrangère, nuisible, soit en interceptant les rapports directs entre les gouvernants et les gouvernés, soit en pressant sur les ressorts de la machine publique, soit enfin en devenant, par tout ce qui la distingue du grand corps des citoyens, un fardeau de plus pour la communauté.

Toutes les classes de citoyens ont leurs fonctions, leur genre de travail particulier, dont l'ensemble forme le mouvement général de la société. S'il en est une qui prétende se soustraire à cette loi générale, on voit bien qu'elle ne se contente pas d'être inutile, et qu'il faut nécessairement qu'elle soit à charge aux autres.

Les deux grands mobiles de la société sont (1) : l'*argent* et l'*honneur*. C'est par le besoin que l'on a de l'un et de l'autre qu'elle se soutient, et ce n'est pas l'un sans l'autre que ces besoins doivent se faire sentir dans une nation où l'on connaît le prix des bonnes mœurs. Le désir de mériter l'estime publique, et il en est une pour chaque profession, est un frein nécessaire à la passion des richesses. Il faut voir comment ces deux sentiments doivent se modifier (2) dans la classe privilégiée.

Pour (3) l'*honneur*, il lui est assuré ; c'est son apanage certain. Que pour les autres citoyens, l'honneur soit le prix de la conduite, à la bonne heure. Quant aux privilégiés (4), il leur a suffi de naître. Ils ne sentiront (5) pas le besoin de l'acquérir, et ils peuvent renoncer d'avance à tout ce qui tend à le mériter (6).

Quant à l'*argent*, les privilégiés, il est vrai, doivent en sentir vivement le besoin. Ils sont même plus disposés (7) à se livrer aux inspirations de cette passion ardente, parce que le préjugé de leur supériorité les excite sans cesse à forcer leur dépense, et parce qu'en s'y livrant ils n'ont pas à craindre, comme les autres, de perdre tout honneur, toute considération.

Mais par une contradiction bizarre, en même temps que le pré-

----

(1) *Var.* : Quels sont les deux grands mobiles ?..... — (2) *Var.* : Se modifient. — (3) *Var.* : D'abord, l'honneur lui. — (4) *Var.* : Mais aux privilégiés, il a suffi. — (5) *Var.* : Ce n'est pas à eux à sentir. — (6) Le lecteur s'aperçoit (*a*) que nous ne confondons pas ici l'honneur, avec le *point d'honneur* qu'on a cru en être le dédommagement (*b*). — (7) *Var.* : Exposés.

(*a*) On doit s'apercevoir. — (*b*) *Var.* : Le point d'honneur par lequel on a cru le remplacer.

jugé d'état pousse continuellement le privilégié à déranger sa fortune, il lui interdit impérieusement presque toutes les voies honnêtes par où il pourrait parvenir à la réparer.

Quel moyen restera-t-il donc aux privilégiés pour satisfaire cet amour de l'argent, qui doit les dominer plus que les autres ? L'*intrigue* et la *mendicité*. Ces deux occupations deviendront (1) l'*industrie* particulière de cette classe de citoyens. S'y attachant exclusivement, ils y excelleront ; et partout où ces deux talents (2) pourront s'exercer avec fruit, ils s'y établiront (3) de manière à écarter toute concurrence de la part des non-privilégiés.

Ils rempliront la Cour, ils assiégeront les ministres, ils accapareront toutes les grâces, toutes les pensions, tous les bénéfices. L'*intrigue* jette (4) un regard universel sur l'Église, la Robe et l'Épée. Elle aperçoit (5) un revenu considérable, ou bien un pouvoir qui y mène, attaché à une multitude innombrable de places, et bientôt elle vient à bout de (6) faire considérer ces places comme des postes à argent, établis, non pour remplir des fonctions qui exigent des talents, mais pour assurer un état *convenable* à des familles privilégiées.

Ils ne se rassureront pas sur leur profonde habileté dans l'art de l'intrigue ; et comme s'ils craignaient que la seule considération du bien public ne vînt dans quelques intervalles (7) à séduire le ministère, ils profiteront à propos de l'ineptie ou de la trahison de quelques administrateurs ; ils feront enfin consacrer leur monopole par de bonnes ordonnances ou par un régime d'administration équivalent à une loi exclusive.

C'est ainsi qu'on dévoue l'État aux principes les plus destructeurs de toute économie publique. Elle a beau prescrire de préférer, en toutes choses, les serviteurs les plus habiles et les moins chers : le monopole commande de choisir les plus coûteux et nécessairement les moins habiles, puisque le monopole a pour effet

---

(1) *Var.* : L'intrigue et la mendicité deviendront, etc. ; ils sembleront en quelque sorte par ces deux professions, reprendre une place dans l'ensemble des travaux de la société.

(2) *Var.* : Ce double talent. — (3) *Var.* : Soyez sûr qu'ils s'établiront. — (4) *Var.* : Jette à la fois un regard usurpateur. — (5) *Var.* : Elle découvre..... — (6) *Var.* : Elle parvient à. — (7) *Var.* : Ces hommes habiles ne se rassureront pas sur leur supériorité dans l'art de l'intrigue, comme s'ils craignaient que l'amour du bien public ne vînt dans des moments de distraction.

connu d'arrêter l'essor de ceux qui auraient pu montrer des talents dans une concurrence libre.

La *mendicité* privilégiée a moins d'inconvénients pour la chose publique. C'est une branche gourmande, qui dessèche tant qu'elle peut (1), mais au moins elle ne prétend pas remplacer les rameaux utiles. Elle consiste, comme toute mendicité, à tendre la main en s'efforçant d'exciter la compassion, et à recevoir gratuitement; seulement, la posture est moins humiliante et elle semble, quand il le faut, dicter un devoir plutôt qu'implorer un secours.

Au reste, il a suffi, pour l'opinion, que l'intrigue et la mendicité dont il s'agit ici fussent spécialement affectées à la classe privilégiée, pour qu'elles devinssent honorables et honorées ; chacun est bien venu à se vanter hautement de ses succès en ce genre ; ils inspirent l'envie, l'émulation, jamais le mépris.

Ce genre de mendicité s'exerce principalement à la Cour, où les hommes les plus puissants et les plus opulents en tirent le premier et le plus grand parti.

De là, cet exemple fécond va ranimer, jusque dans le fond le plus reculé des provinces, la prétention honorable de vivre dans l'oisiveté et aux dépens du public.

Ce n'est pas que l'ordre des privilégiés ne soit déjà, et sans aucune espèce de comparaison, le plus riche du royaume ; que presque toutes les terres et les grandes fortunes n'appartiennent aux membres de cette classe ; mais le goût de la dépense et le plaisir de se ruiner sont supérieurs à toute richesse (2).

Dès qu'on entend le mot de *pauvre* uni à celui de *privilégié*, il s'élève une sorte de cri d'indignation (3). Un privilégié hors d'état de soutenir son nom, sa dignité (4), est certes une honte pour la nation ! Il faut se hâter de remédier à ce désordre public ; et quoiqu'on ne demande pas expressément pour cela un excédent de contribution, il est bien clair que tout emploi des deniers publics ne peut avoir d'autre origine.

Ce n'est pas vainement que l'administration est composée de privilégiés. Elle veille avec une tendresse paternelle à tous leurs intérêts. Ici, ce sont des établissements pompeux, vantés, comme

---

(1) *Var.* : Qui attire le plus de sève. — (2) *Var.* : Richesse ; et il faut enfin qu'il y ait de pauvres privilégiés. — (3) *Var.* : Mais à peine on entend le mot de *pauvre* s'unir à celui de privilégié, qu'il s'élève partout comme un cri. — (4) *Var.* : Son rang.

l'on croit, de toute l'Europe, pour donner l'éducation *aux pauvres privilégiés* de l'un et de l'autre sexe. Inutilement le hasard se montrait plus sage que vos institutions et voulait ramener ceux qui ont besoin à la loi commune de travailler pour vivre. Vous ne voyez dans ce retour au bon ordre qu'un crime de la fortune et vous vous gardez bien de donner à vos élèves les habitudes d'une profession commune, capable de soutenir (1) celui qui l'exerce.

Dans vos admirables desseins, vous allez jusqu'à leur inspirer une sorte d'orgueil d'avoir été, de si bonne heure, à la charge du (2) public : comme si dans aucun cas il pouvait être plus glorieux d'avoir besoin (3) de charité que de s'en passer !

Vous les récompensez par des secours d'argent, par des pensions, par des cordons, d'avoir bien voulu consentir à recevoir (4) ce premier gage de votre tendresse.

A peine sortis de l'enfance, les jeunes privilégiés ont un état et des appointements ; et on ose les plaindre de leur modicité ! Voyez cependant parmi les non-privilégiés du même âge, qui se destinent aux professions pour lesquelles il faut des talents et de l'étude ; voyez s'il en est un seul qui, bien qu'attaché à des occupations vraiment pénibles, ne coûte longtemps encore à ses parents de grandes avances, avant qu'il soit admis à la chance incertaine de retirer de ses longs travaux le nécessaire de la vie !

Toutes les portes sont ouvertes à la sollicitation des privilégiés. Il leur suffit de se montrer, et tout le monde se fait honneur de s'intéresser à leur avancement. On s'occupe avec chaleur de leurs affaires, de leur fortune. L'État lui-même, oui, la chose publique a été forcée plus d'une fois de concourir à des arrangements de famille de négocier des mariages, de se prêter à une acquisition, etc., etc. (5).

Les privilégiés les moins favorisés (6) trouvent partout (7) d'abondantes ressources. Une foule de chapitres pour l'un et

---

(1) *Var. :* Laborieuse, capable de faire vivre.— (2) *Var. :* A charge au.— (3) *Var. :* Glorieux de recevoir la charité que de n'en avoir pas besoin. — (4) *Var. :* D'avoir été exposés à goûter.

(5) *Var. :* Publique mille fois a concouru secrètement à leurs arrangements de famille. On l'a mêlée dans des négociations particulières de mariage. L'administration s'est prêtée à des créations de places, à des échanges ruineux, ou même à des acquisitions dont le trésor public a été forcé de fournir les fonds, etc., etc. — (6) *Var. :* Privilégiés qui ne peuvent atteindre à ces hautes faveurs. — (7) *Var. :* Ailleurs.

l'autre sexe, des ordres militaires sans objet, ou dont l'objet est injuste et dangereux, leur offrent des prébendes, des commanderies, des pensions, et toujours des décorations. Et comme si ce n'était pas assez des fautes de nos pères, on s'occupe avec ardeur (1), depuis quelque temps, d'augmenter le nombre de ces brillantes soldes de l'inutilité (2).

Ce serait une erreur de croire que la mendicité privilégiée dédaigne les petites occasions ou les petits secours. Les fonds destinés aux aumônes du Roi sont en grande partie absorbés par elle; et pour se dire pauvre dans l'ordre des privilégiés, on n'attend pas que la nature pâtisse, il suffit que la vanité souffre. Ainsi, la véritable indigence de toutes les classes de citoyens est sacrifiée à des besoins de vanité (3).

(1) *Var.* : Avec un renouvellement d'ardeur.
(2) Il se manifeste une contradiction bizarre (a) dans la conduite du gouvernement. Il aide, d'un côté, à déclamer sans mesure contre les biens consacrés au culte, et qui dispensent au moins le trésor national de payer cette partie des fonctions publiques, et il cherche en même temps à dévouer le plus qu'il peut de ces biens, et d'autres, à la classe des privilégiés sans fonctions (b).
(3) En remontant un peu avant dans l'histoire, on voit les privilégiés dans l'usage de ravir et de s'attribuer tout ce qui peut leur convenir. La violence et la rapine, sûres de l'impunité, pouvaient sans doute se passer de mendier; ainsi, la mendicité privilégiée n'a dû commencer qu'avec les premiers rayons de l'ordre public, ce qui prouve sa grande différence d'avec la mendicité du peuple. Celle-ci se manifeste à mesure que le gouvernement se gâte, l'autre à mesure qu'il s'améliore. Il est vrai qu'avec quelque progrès de plus, il fera cesser à la fois ces deux maladies sociales ; mais certes, ce ne sera pas en les alimentant, ni surtout en faisant honorer celle des deux qui est la plus inexcusable.
On ne peut disconvenir qu'il n'y ait une prodigieuse habileté à dérober à la compassion ce qu'on ne peut plus arracher à la faiblesse; à mettre ainsi à profit tantôt l'audace de l'oppresseur, tantôt la sensibilité de l'opprimé. La classe privilégiée, à cet égard, a su se distinguer de l'une et de l'autre manière. Du moment qu'elle n'a plus réussi à prendre de force, elle s'est hâtée, en toute occasion, de se recommander à la libéralité du Roi et de la nation.
Les cahiers des anciens états généraux, ceux des anciennes assemblées de notables sont pleins de demandes en faveur de la *pauvre classe privilégiée.*

(a) *Var.*: Étrange contradiction.
(b) *Var.* : *Addition de la 2e édition :* Il est curieux de lire la liste des chapitres nouvellement créés ou divertis à l'usage des privilégiés de l'un et l'autre sexe : plus curieux encore de connaître les motifs secrets qui ont porté à manquer ainsi sans pudeur au véritable esprit des fondations ecclésiastiques, qui, si elles doivent être modifiées, ne doivent l'être au moins que pour un intérêt vraiment national et par la nation seule.

Les pays d'États s'occupent depuis longtemps (1) des pensions à donner *à la pauvre classe privilégiée*. Les administrations provinciales suivent déjà de si nobles traces, et les trois ordres en commun, parce qu'ils ne sont encore composés que de privilégiés, écoutent avec une respectueuse approbation tous les avis qui peuvent tendre à soulager *la pauvre classe privilégiée*. Les intendants se sont procuré des fonds particuliers pour cet objet; un moyen de succès pour eux est de prendre un vif intérêt au triste sort de *la pauvre classe privilégiée;* enfin, dans les livres, dans les chaires, dans les discours académiques, dans les conversations, et partout, voulez-vous intéresser à l'instant tous vos auditeurs? il n'y a qu'à parler de *la pauvre classe privilégiée*. A voir cette pente générale des esprits, et les innombrables moyens que la superstition, à qui rien n'est impossible, s'est déjà ménagés pour secourir les pauvres privilégiés, je ne puis m'expliquer (2) pourquoi on n'a pas encore ajouté, s'il n'existe déjà, à la porte des églises, un tronc pour *la pauvre classe privilégiée* (3).

Il faut encore citer ici un genre de trafic, inépuisable en richesses pour les privilégiés (4). Il est fondé, d'une part, sur la superstition des noms, de l'autre sur l'avidité des richesses (5). Je parle de ce qu'on ose appeler les *mésalliances* (6), sans que ce terme ait pu décourager les stupides citoyens qui paient si cher pour se faire insulter. Dès qu'à force de travail et d'industrie quelqu'un de l'ordre commun a élevé une fortune digne d'envie; dès que les agents du fisc, par des moyens plus faciles, sont par-

(1) *Var.* : Longtemps, et toujours avec un zèle nouveau, de tout ce qui peut accroître le nombre des pensions qu'ils ont su attribuer.

(2) *Var.* : En vérité je ne puis m'expliquer.

(3) Aujourd'hui que les principes de justice générale sont plus répandus, et que les assemblées de bailliages auront de si grands objets à traiter, on peut espérer sans doute qu'elles ne saliront pas leurs cahiers de ce qu'on pouvait appeler autrefois *le couplet du mendiant*.

(4) Je m'attends bien que l'on trouvera cet endroit *de mauvais ton*. Cela doit être : le pouvoir de proscrire, sur ce prétexte, des expressions exactes (*a*), est encore un droit des privilégiés.

(5) *Var.* : De l'autre sur une cupidité plus puissante encore que la vanité .

(6) On devrait bien, ne fût-ce que pour la clarté du langage, se servir d'un autre mot pour désigner l'art de s'approprier (*b*) les riches offrandes de la sottise et marquer clairement de quel côté est la *mésalliance*.

(*a*) *Var.* : Exactes, souvent même énergiques.

(*b*) *Var.* : Désigner l'action de tendre la main aux riches offrandes de sottise; il faudrait un mot qui marquât clairement aussi.

venus à entasser des trésors, toutes ces richesses sont aspirées par les privilégiés. Il semble que notre malheureuse nation soit condamnée à travailler et à s'appauvrir sans cesse pour la classe privilégiée.

C'est (1) inutilement que l'agriculture, que les fabriques, le commerce et tous les arts réclament, pour se soutenir, pour s'agrandir, et pour la prospérité publique, une partie des capitaux immenses qu'ils ont servi à former : les privilégiés engloutissent et les capitaux et les personnes; et tout est voué sans retour à la stérilité privilégiée (2).

La matière des privilèges est inépuisable comme les préjugés qui conspirent à les soutenir. Mais laissons ce sujet et épargnons-nous les réflexions qu'il inspire. Un temps viendra où nos neveux indignés resteront stupéfaits à la lecture de notre histoire, et donneront à la plus inconcevable démence les noms qu'elle mérite. Nous avons vu, dans notre jeunesse, des hommes de lettres se signaler par leur courage à attaquer des opinions aussi puissantes que pernicieuses à l'humanité. Aujourd'hui, ils se contentent (3) de répéter dans leurs propos et dans leurs écrits des raisonnements surannés contre des préjugés qui n'existent plus. Celui des privilèges (4) est le plus dangereux, peut-être, qui ait paru sur la terre; il s'est plus intimement lié avec l'organisation sociale; il la corrompt plus profondément; plus d'intérêts s'occupent à le défendre. Voilà bien des motifs (5) pour exciter le zèle des vrais patriotes et pour refroidir celui des gens de lettres (6).

---

(1) *Var.* : Inutilement l'agriculture.
(2) Si l'*honneur* est, comme l'on dit, le *principe* de la monarchie, il faut convenir au moins que la France fait depuis longtemps de terribles sacrifices pour se fortifier en *principe*. (Note de la 2ᵉ édition.)
(3) *Var.* : Aujourd'hui, leurs successeurs ne savent que répéter.
(4) *Var.* : Le préjugé qui soutient les privilèges ¡est le plus funeste qui aît affligé.
(5) *Var.* : Que de motifs. — (6) *Var.* : Des gens de lettres nos contemporains!

NOTE RELATIVE A LA PAGE 9

Extrait du procès-verbal de la noblesse, aux États de 1614, *(p.* 113), *du mardi* 25 *novembre : «* Et ayant eu audience, M. de Senecey *(1)* parla au Roi en cette sorte :

SIRE,

« La bonté de nos rois a concédé de tout temps cette liberté à leur noblesse, que de recourir à eux en toutes sortes d'occasions, l'éminence de leur qualité les ayant approchés auprès de leurs personnes, qu'ils ont toujours été les principaux exécuteurs de leurs royales actions.

« Je n'aurais jamais fait de rapporter à V. M. tout ce que l'antiquité nous apprend que la naissance a donné de prééminences à cet ordre, et avec telle différence de ce qui est de tout le reste du peuple, qu'elle n'en a jamais pu souffrir aucune sorte de comparaison. Je pourrais, SIRE, m'étendre en ce discours ; mais une vérité si claire n'a pas besoin de témoignage plus certain que ce qui est connu de tout le monde... ; et puis je parle devant le Roi ; lequel nous espérons trouver aussi jaloux de nous conserver en ce que nous participons de son lustre, que nous saurions l'être de l'en requérir et supplier, bien marris qu'une nouveauté extraordinaire nous ouvre la bouche plutôt aux plaintes qu'aux très-humbles supplications pour lesquelles nous sommes assemblés.

« SIRE, Votre Majesté a eu pour agréable de convoquer les États-Généraux des trois ordres de votre royaume, ordres destinés et séparés entre eux de fonctions et de qualités. L'Église, vouée au service de Dieu et au régime des âmes, y tient le premier rang ; nous en honorons les prélats et ministres comme nos pères, et comme médiateurs de notre réconciliation avec Dieu.

« La noblesse, SIRE, y tient le second rang. Elle est le bras droit de votre justice, le soutien de votre couronne et les forces invincibles de l'État.

« Sous les heureux auspices et valeureuse conduite des rois, au prix de leur sang, et par l'emploi de leurs armes victorieuses, la tranquillité publique a été établie, et par leurs peines et travaux, le tiers-état va jouissant des commodités que la paix leur apporte.

« Cet ordre, SIRE, qui tient le dernier rang en cette assemblée, ordre composé du peuple des villes et des champs, ces derniers sont quasi tous hommagers et justiciables des deux premiers ordres ; ceux des villes, bourgeois, marchands, artisans et quelques officiers. Ce sont ceux qui méconnaissent leur condition, et,

(1) M. le baron de Senecey était président de la noblesse.

oubliant toute sorte de devoirs, sans aveu de ceux qu'ils représentent, se veulent comparer à nous.

« J'ai honte, SIRE, de vous dire les termes qui de nouveau nous ont offensés. Ils comparent votre État à une famille composée de trois frères. Ils disent l'ordre ecclésiastique être l'aîné, le nôtre le puîné, *et eux les cadets* (1).

« En quelle misérable condition sommes-nous tombés, si cette parole est véritable! En quoi tant de services rendus d'un temps immémorial, tant d'honneurs et de dignités, transmis héréditairement à la noblesse et mérités par leurs labeurs et fidélité, l'auraient-ils bien, au lieu de l'élever, tellement rabaissée, qu'elle fût avec le vulgaire en la plus étroite sorte de société qui soit parmi les hommes, qui est la fraternité. Et non contents de se dire frères, ils s'attribuent la restauration de l'État, à quoi comme la France sait assez qu'ils n'ont aucunement participé, aussi chacun connaît qu'ils ne peuvent en aucune façon se comparer à nous, et serait insupportable une entreprise si mal fondée.

« Rendez, SIRE, le jugement et, par une déclaration pleine de justice, faites-les mettre en leurs devoirs et reconnaître ce que nous sommes, et la différence qu'il y a. Nous en supplions très humblement Votre Majesté au nom de toute la noblesse de France, puisque c'est d'elle que nous sommes ici députés, afin que, conservée en ses prééminences, elle porte, comme elle a toujours fait, son honneur et sa vie au service de Votre Majesté. »

« *Ecquid sentitis in quanto contemptu vivatis? Lucis vobis hujus partem, si liceat, adimant. Quod spiratis, quod vocem mittitis, quod formas hominum habetis, indignantur* (2). »

Liv., lib. 4, c. 56.

---

(1) Telle est l'injure dont la noblesse demande vengeance. La veille, le président Savaron (a), à la tête d'une députation du tiers état, avait osé dire : « Traitez-nous comme vos frères cadets, et nous vous honorerons et aimerons. » Toute cette tracasserie doit être lue dans le procès-verbal même, à commencer par le discours du président Savaron qui en fut le prétexte. On trouvera dans la réponse du baron de Senecey à la députation du tiers, du 24 novembre, des expressions plus outrageantes encore que celles qui remplissent le discours au Roi. (Les deux dernières phrases de cette note ne sont que dans la 2e édition.)

(2) Cette citation n'est que dans la 2e édition.

(a) *Var. :* Le lieutenant civil Savaron.

QU'EST-CE QUE

LE TIERS ÉTAT?

« Tant que le philosophe n'excède
point les limites de la vérité, ne
l'accusez pas d'aller trop loin. Sa
fonction est de marquer le but, il faut
donc qu'il y soit arrivé. Si, restant en
chemin, il osait y élever son enseigne,
elle pourrait être trompeuse. Le devoir de l'administrateur, au contraire,
est de *graduer* sa marche, suivant la
nature des difficultés....... Si le philosophe n'est au but, il ne sait où il
est; si l'administrateur ne voit le but,
il ne sait où il va. »

Le plan de cet écrit est assez simple. Nous avons trois questions à nous faire :

1° Qu'est-ce que le tiers état? Tout.

2° Qu'a-t-il été jusqu'à présent dans l'ordre politique? Rien.

3° Que demande-t-il? A y devenir (1) quelque chose.

On verra (2) si les réponses sont justes. Nous examinerons
ensuite les moyens que l'on a essayés, et ceux que l'on doit prendre, afin que le tiers état devienne, en effet, *quelque chose.* Ainsi
nous dirons :

4° Ce que les ministres ont *tenté,* et ce que les privilégiés eux-
mêmes *proposent* en sa faveur.

5° Ce qu'on aurait *dû* faire.

6° Enfin, ce qui *reste* à faire au tiers pour prendre la place qui
lui est due.

---

(1) *Var. :* A devenir quelque chose.
(2) *Var. :* On va voir.

CHAPITRE PREMIER

LE TIERS ÉTAT EST UNE NATION COMPLÈTE

Que faut-il pour qu'une nation subsiste et prospère? Des travaux *particuliers* et des fonctions *publiques*.

On peut renfermer dans quatre classes tous les travaux particuliers: 1° La terre et l'eau fournissant la matière première des besoins de l'homme, la première classe dans l'ordre des idées sera celle de toutes les familles attachées aux travaux de la campagne. 2° Depuis la première vente des matières jusqu'à leur consommation ou leur usage, une nouvelle main-d'œuvre, plus ou moins multipliée, ajoute à ces matières une valeur seconde plus ou moins composée. L'industrie humaine parvient ainsi à perfectionner les bienfaits de la nature, et le produit brut à doubler, décupler, centupler de valeur. Tels sont les travaux de la seconde classe. 3° Entre la production et la consommation, comme aussi entre les différents degrés de production, il s'établit une foule d'agents intermédiaires, utiles tant aux producteurs qu'aux consommateurs; ce sont les marchands et les négociants. Les négociants, qui comparent sans cesse les besoins des lieux et des temps, spéculent sur le profit de la garde et du transport; les marchands, qui se chargent en dernière analyse du débit, soit en gros, soit en détail. Ce genre d'utilité désigne la troisième classe. 4° Outre ces trois classes de citoyens laborieux et utiles qui s'occupent de l'*objet* propre à la consommation et à l'usage, il faut encore dans une société une multitude de travaux particuliers et de soins *directement* utiles ou agréables à la *personne*. Cette quatrième classe embrasse depuis les professions scientifiques et libérales les plus distinguées, jusqu'aux services domestiques les moins estimés. Tels sont les travaux qui soutiennent la société. Qui les supporte? Le tiers état.

Les fonctions publiques peuvent également, dans l'état actuel, se ranger toutes sous quatre dénominations connues, l'Épée, la Robe, l'Église et l'Administration. Il serait superflu de les parcourir en détail, pour faire voir que le tiers état y forme partout les dix-neuf vingtièmes, avec cette différence qu'il est chargé de tout ce

qu'il y a de vraiment pénible, de tous les soins que l'ordre privilégié refuse d'y remplir. Les places lucratives et honorifiques
seules y sont occupées par des membres de l'ordre privilégié. Lui
en ferons-nous un mérite ? Il faudrait pour cela, ou que le tiers
refusât de remplir ces places, ou qu'il fût moins en état d'en exercer les fonctions. On sait ce qui en est ; cependant, on a osé frap-
per l'ordre du tiers d'interdiction. On lui a dit : « Quels que soient
tes services, quels que soient tes talents, tu iras jusque-là ; tu ne
passeras pas outre. Il n'est pas bon que tu sois honoré. » Quelques (1) rares exceptions, senties comme elles doivent l'être, ne
sont qu'une dérision, et les discours (2) qu'on se permet dans ces
occasions rares (3), une insulte de plus. Si cette exclusion est un
crime social envers le tiers état, pourrait-on dire au moins qu'elle
est utile à la chose publique ? Eh ! ne connaît-on pas les effets du
monopole ? S'il décourage ceux qu'il écarte, ne sait-on pas qu'il
rend inhabiles ceux qu'il favorise ? Ne sait-on pas que tout ouvrage
dont on éloigne la libre concurrence sera fait plus chèrement et
plus mal ?

En dévouant une fonction quelconque à servir d'apanage à un
ordre distinct parmi les citoyens, a-t-on fait attention que ce n'est
plus alors seulement l'homme qui travaille qu'il faut salarier, mais
aussi tous ceux de la même caste qui ne sont pas employés, mais
aussi les familles entières de ceux qui sont employés et de ceux
qui ne le sont pas ? A-t-on fait attention que cet ordre de choses,
bassement respecté parmi nous, nous paraît méprisable et honteux
dans l'histoire de l'ancienne Égypte et dans les relations de
voyages aux Grandes-Indes ?..... Mais laissons des considérations
qui, en agrandissant la question, en l'éclairant peut-être, ralenti-
raient pourtant notre marche (4).

Il suffit ici d'avoir fait sentir que la prétendue utilité d'un ordre
privilégié pour le service public n'est qu'une chimère ; que sans
lui, tout ce qu'il y a de pénible dans ce service est acquitté par le
tiers ; que sans lui, les places supérieures seraient infiniment mieux

(1) *Var. :* De rares exceptions.
(2) *Var. :* Le langage qu'on se permet.
(3) *Var. :* Occasions, une insulte.
(4) Qu'on nous permette seulement de faire observer combien il est
souverainement absurde, lorsqu'on soutient, d'un côté, avec éclat, que la
nation n'est pas *faite* pour son chef, de vouloir, d'un autre côté, qu'elle

remplies ; qu'elles devaient être naturellement le lot et la récompense des talents et des services reconnus ; et que si les privilégiés sont parvenus à usurper tous les postes lucratifs et honorifiques, c'est en même temps une iniquité odieuse pour la généralité des citoyens et une trahison pour la chose publique.

Qui donc oserait dire que le tiers état n'a pas en lui tout ce qu'il faut pour former une nation complète ? Il est l'homme fort et robuste dont un bras est encore enchaîné. Si l'on ôtait l'ordre privilégié, la nation ne serait pas quelque chose de moins, mais quelque chose de plus. Ainsi, qu'est-ce que le tiers ? tout, mais un tout entravé et opprimé. Que serait-il sans l'ordre privilégié ? tout, mais un tout libre et florissant. Rien ne peut aller sans lui, tout irait infiniment mieux sans les autres. Il ne suffit pas d'avoir montré que les privilégiés, loin d'être utiles à la nation, ne peuvent que l'affaiblir et lui nuire, il faut prouver encore que l'ordre noble (1) n'entre

---

soit *faite* pour quelques-uns de ses membres (*a*) qui refusent dédaigneusement de prendre part aux travaux utiles des autres citoyens, et à tout ce qu'il y a de fatigant dans les fonctions publiques. Certes, une pareille classe d'hommes est une rude charge imposée à une nation ! Les abus innombrables dans l'ordre public, la misère, le découragement et l'avilissement de vingt-cinq millions d'hommes en sont des preuves de fait sans réplique.

(1) Je ne parle point du clergé. Dans mes idées, ce n'est pas un ordre, mais une profession chargée d'un service public (*b*). Ici, ce n'est pas la personne qui est privilégiée, mais la fonction, ce qui est bien différent. S'il y a dans l'Église des bénéfices oiseux, c'est un abus. Tous les ecclésiastiques doivent être utiles, ou à l'instruction publique, ou aux cérémonies du culte. Parce qu'avant d'être admis dans le clergé, il faut passer par une longue suite d'épreuves, ce n'est pas une raison pour regarder ce corps comme formant une *caste* à part. On ne peut entendre par ce mot qu'une classe d'hommes qui, sans fonctions, comme sans utilité, et par cela seul qu'ils existent, jouissent de privilèges attachés à leur personne. Sous ce point de vue, qui est le vrai, il n'y a qu'un ordre, celui de la noblesse. C'est véritablement un peuple à part, mais un faux peuple qui, ne pouvant, à défaut d'organes utiles, exister par lui-même, s'attache à une nation réelle, comme ces excroissances végétales qui ne peuvent vivre que de la sève des plantes qu'elles fatiguent et dessèchent. Le Clergé, la Robe, l'Épée et l'Administration font (*c*) quatre classes de mandataires publics

---

(*a*) Dans la 2ᵉ édition corrigée, la note s'arrête ici.
(*b*) Et c'est précisément pour cela qu'il est quelque chose parmi nous. Si le clergé n'était qu'un *ordre*, il ne serait rien de réel. Il n'y a dans une société politique que des professions privées et des professions publiques. Hors de là, ce ne sont que billevesées ou dangereuses chimères.
(*c*) *Var. :* Sont...

point dans l'organisation sociale ; qu'il peut bien être une *charge* pour la nation, mais qu'il n'en saurait faire une partie.

D'abord, il n'est pas possible, dans le nombre de toutes les parties élémentaires d'une nation, de trouver où placer la caste des nobles. Je sais qu'il est des individus, en trop grand nombre, que les infirmités, l'incapacité, une paresse incurable, ou le torrent des mauvaises mœurs, rendent étrangers aux travaux de la société. L'exception et l'abus sont partout à côté de la règle, et surtout dans un vaste empire. Mais au moins conviendra-t-on que, moins il y a de ces abus, mieux l'État passe pour être ordonné. Le plus mal ordonné de tous serait celui où non seulement des particuliers isolés, mais une classe entière de citoyens mettrait sa gloire à rester immobile au milieu du mouvement général et saurait consumer la meilleure part du produit, sans avoir concouru en rien à le faire naître. Une telle classe est assurément étrangère à la nation par sa *fainéantise*.

L'ordre noble n'est pas moins étranger au milieu de nous, par ses prérogatives *civiles* et *publiques*.

Qu'est-ce qu'une nation ? un corps d'associés vivant sous une loi *commune* et représentés par la même *législature*.

N'est-il pas trop certain que l'ordre noble a des privilèges, des dispenses, même des droits séparés des droits (1) du grand corps des citoyens ? Il sort par là de l'ordre commun, de la loi commune. Ainsi, ses droits civils en font déjà un peuple à part dans la grande nation. C'est véritablement *imperium in imperio*.

A l'égard de ses droits *politiques*, il les exerce aussi à part. Il a ses représentants à lui, qui ne sont chargés en rien de la procuration des peuples. Le corps de ses députés siège à part ; et quand il s'assemblerait dans une même salle avec les députés des simples citoyens, il n'en est pas moins vrai que sa représentation est essentiellement distincte et séparée : elle est étrangère à la nation par son principe, puisque sa mission ne vient pas du peuple, et par son objet, puisqu'il consiste à défendre non l'intérêt général, mais l'intérêt particulier.

---

nécessaires partout. Pourquoi les accuse-t-on en France d'*aristocracisme ?* C'est que la caste noble en a usurpé toutes les bonnes places ; elle s'en est fait comme un bien patrimonial, aussi l'exploite-t-elle, non dans l'esprit de la loi sociale, mais à son profit particulier.

(1) *Var. :* Des mêmes droits.

Le tiers embrasse donc tout ce qui appartient à la nation ; et tout ce qui n'est pas le tiers ne peut pas se regarder comme étant de la nation. Qu'est-ce que le tiers ? tout.

CHAPITRE II

QU'EST-CE QUE LE TIERS ÉTAT A ÉTÉ JUSQU'A PRÉSENT ? RIEN.

Nous n'examinerons point l'état de servitude où le peuple a gémi si longtemps, non plus que celui de contrainte et d'humiliation où il est encore retenu. Sa condition civile a changé ; elle doit changer encore : il est bien impossible que la nation en corps ou même qu'aucun ordre en particulier devienne libre, si le tiers état ne l'est pas. On n'est pas libre par des privilèges, mais par les droits qui appartiennent à tous.

Que si les aristocrates entreprennent, au prix même de cette liberté, dont ils se montreraient indignes, de retenir le peuple dans l'oppression, il osera demander à quel titre. Si l'on répond à titre de conquête, il faut en convenir, ce sera vouloir remonter un peu haut. Mais le tiers ne doit pas craindre de remonter dans les temps passés. Il se reportera à l'année qui a précédé la conquête ; et puisqu'il est aujourd'hui assez fort pour ne pas se laisser conquérir, sa résistance sans doute sera plus efficace. Pourquoi ne renverrait-il pas dans les forêts de la Franconie toutes ces familles qui conservent la folle prétention d'être issues de la race des conquérants et d'avoir succédé à leurs droits ?

La nation, alors épurée, pourra se consoler, je pense, d'être réduite à ne se plus croire composée que des descendants des Gaulois et des Romains. En vérité, si l'on tient à vouloir distinguer naissance et naissance, ne pourrait-on pas révéler à nos pauvres concitoyens que celle qu'on tire des Gaulois et des Romains vaut au moins autant que celle qui viendrait des Sicambres, des Welches et autres sauvages sortis des bois et des étangs (1) de l'ancienne

(1) *Var.* : Et des marais...

Germanie ? Oui, dira-t-on ; mais la conquête a dérangé tous les rapports, et la noblesse de naissance a passé du côté des conquérants. Eh bien ! il faut la faire repasser de l'autre côté, le tiers redeviendra noble en devenant conquérant à son tour.

Que si dans l'ordre privilégié, toujours ennemi du tiers, on ne voit que ce qu'on peut y voir, les enfants de ce même tiers état, que dire de la parricide audace avec laquelle ils haïssent, ils méprisent et ils oppriment leurs frères (1) ?

Suivons notre objet. Il faut entendre par le tiers état l'ensemble des citoyens qui appartiennent à l'ordre commun. Tout ce qui est privilégié par la loi, de quelque manière qu'il le soit, sort de l'ordre commun, fait exception à la loi commune, et, par conséquent, n'appartient point au tiers état. Nous l'avons dit, une loi commune et une représentation commune, voilà ce qui fait *une* nation. Il n'est que trop vrai que l'on n'est *rien* en France quand on n'a pour soi que la protection de la loi commune ; si l'on ne tient pas à quelque privilège, il faut se résoudre à endurer le mépris, l'injure et les vexations de toute espèce. Pour s'empêcher d'être tout à fait écrasé, il ne reste au malheureux non-privilégié que la ressource de s'attacher par toutes sortes de bassesses à un grand ; il achète à ce seul prix la faculté de pouvoir, dans les occasions, se réclamer de *quelqu'un*.

Mais c'est moins dans son état civil que dans ses rapports avec la constitution, que nous avons à considérer ici l'ordre du tiers état. Voyons ce qu'il est aux États généraux.

Quels ont été ses prétendus représentants ? des anoblis ou des privilégiés à terme. Ces faux députés n'ont pas même toujours été l'ouvrage libre de l'élection des peuples. Quelquefois aux États généraux, et presque partout dans les états provinciaux, la représentation du peuple est regardée comme un droit de certaines charges ou offices.

(1 *Var.* : Mais, si tout est mêlé dans les races, si le sang des Francs, qui n'en vaudrait pas mieux séparé, coule confondu avec celui des Gaulois, si les ancêtres du tiers état sont les pères de la nation entière, ne peut-on espérer de voir cesser un jour ce long parricide qu'une classe s'honore de commettre journellement contre toutes les autres ? Pourquoi la raison et la justice fortes, un jour, autant que la vanité, ne presseraient-elles pas les privilégiés de solliciter eux-mêmes, par un intérêt nouveau, mais plus vrai, plus social, leur *réhabilitation* dans l'ordre du tiers état ?

L'ancienne noblesse ne peut pas souffrir les nouveaux nobles ; elle ne leur permet de siéger avec elle que lorsqu'ils peuvent prouver, comme l'on dit, quatre générations et cent ans. Ainsi, elle les repousse dans l'ordre du tiers état, auquel évidemment ils n'appartiennent plus. Cependant aux yeux de la loi, tous les nobles sont égaux, celui d'hier comme celui qui réussit bien ou mal à cacher son origine ou son usurpation. Tous ont les mêmes privilèges. L'opinion seule les distingue. Mais si le tiers état est forcé de supporter un préjugé consacré par la loi, il n'y a pas de raison pour qu'il se soumette à un préjugé contre le texte de la loi.

Qu'on fasse des nouveaux nobles tout ce qu'on voudra ; il est sûr que dès l'instant qu'un citoyen acquiert des privilèges contraires au droit commun, il n'est plus de l'ordre commun. Son nouvel intérêt est opposé à l'intérêt général ; il est inhabile à voter pour le peuple.

Ce principe incontestable écarte pareillement de la représentation de l'ordre du tiers les simples privilégiés à terme. Leur intérêt est aussi plus ou moins ennemi de l'intérêt commun ; et quoique l'opinion les range dans le tiers état, et que la loi reste muette à leur égard, la nature des choses, plus forte que l'opinion et la loi, les place invinciblement hors de l'ordre commun.

Dira-t-on que vouloir distraire du tiers état, non seulement les privilégiés héréditaires, mais encore ceux qui ne jouissent que des privilèges à terme, c'est vouloir, de gaieté de cœur, affaiblir cet ordre en le privant de ses membres les plus éclairés, les plus courageux et les plus estimés ?

Il s'en faut bien que je veuille diminuer la force ou la dignité du tiers état, puisqu'il se confond toujours dans mon esprit avec l'idée d'une nation. Mais quel que soit le motif qui nous dirige, pouvons-nous faire que la vérité ne soit pas la vérité ? Parce qu'une armée a eu le malheur de voir déserter ses meilleures troupes, faut-il encore qu'elle leur confie son camp à défendre ? Tout privilège, on ne saurait trop le répéter, est opposé au droit commun ; donc tous les privilégiés, sans distinction, forment une classe différente et opposée au tiers état. En même temps, j'observe que cette vérité ne doit rien avoir d'alarmant pour les amis du peuple. Au contraire, elle ramène au grand intérêt national, en faisant sentir avec force la nécessité de supprimer à l'instant tous les pri-

vilèges à terme (1) qui divisent le tiers état et sembleraient con-
damner cet ordre à mettre ses destinées entre les mains de ses
ennemis. Au reste, il ne faut point séparer cette observation de
celle qui suit : l'abolition des privilèges dans le tiers état n'est
pas la perte des exemptions dont quelques-uns de ses membres
jouissent. Ces exemptions ne sont autre chose que le droit commun. Il a été souverainement injuste d'en priver la généralité du
peuple. Ainsi je réclame, non la perte d'un droit, mais sa restitution ; et si l'on m'oppose qu'en rendant communs quelques-uns de
ces privilèges, comme par exemple celui de ne point tirer à la
milice (2), on s'interdirait le moyen de remplir un besoin social, je
réponds que tout besoin public doit être à la charge de tout le
monde, et non d'une classe particulière de citoyens, et qu'il faut
être aussi étranger à toute réflexion qu'à toute équité pour ne
pas trouver un moyen plus national de compléter et de maintenir
tel état militaire qu'on veuille avoir (3).

On paraît quelquefois étonné d'entendre se plaindre d'une
triple *aristocratie* d'Église, d'Épée et de Robe. On veut que ce ne
soit là qu'une manière de parler, mais cette expression doit être
prise à la rigueur. Si les États généraux sont l'interprète de la
volonté générale et ont, à ce titre, le pouvoir législatif, n'est-il
pas certain que là est une véritable aristocratie, où les États généraux ne sont qu'une assemblée *clérico-nobili-judicielle* ?

Ajoutez à cette effrayante vérité, que, d'une manière ou d'autre,
toutes les branches du pouvoir exécutif sont tombées aussi dans la
caste qui fournit l'Église, la Robe et l'Épée. Une sorte d'esprit de

(1) Quelques officiers municipaux, les procureurs au présidial de Rennes,
etc., ont déjà donné le bel exemple de renoncer à toutes exemptions ou
privilèges qui les distingueraient du peuple.

(2) Je ne puis m'empêcher de marquer mon étonnement de voir les
gentilshommes exempts de tirer à la milice ! C'est mépriser bien haut le
seul prétexte auquel on cherche à rallier tant de prétentions surannées !
De quoi demanderont-ils le prix, si ce n'est *du sang versé pour le Roi?* M. C.
a frappé d'un ridicule ineffaçable cet éternel refrain par sa citation :
« Le sang du peuple était-il donc de l'eau ? *(a)* »

(3) *Var. et add. :* Ainsi, soit à défaut total d'élection, soit pour n'avoir
pas été élus par la généralité des membres du tiers des villes et des campagnes, qui avaient droit à se faire représenter, soit parce qu'à titre de
privilégiés ils n'étaient pas éligibles, les prétendus députés du tiers qui
ont paru jusqu'à présent aux États généraux n'avaient point la véritable
procuration du peuple.

(a) Cette citation est extraite du *Mémoire pour le peuple français* (par
Cerutti), *s. l.*, 1788, in-8, p. 26. (Note de l'éditeur.)

confraternité fait que les nobles se préfèrent entre eux, et pour tout, au reste de la nation. L'usurpation est complète ; ils règnent véritablement.

Qu'on lise l'histoire avec l'intention d'examiner si les faits sont conformes ou contraires à cette assertion, et l'on s'assurera, j'en ai fait l'expérience, que c'est une grande erreur de croire que la France soit soumise à un régime monarchique.

Otez de nos annales quelques années de Louis XI, de Richelieu, et quelques moments de Louis XIV, où l'on ne voit que despotisme tout pur, vous croirez lire l'histoire d'une aristocratie *aulique*. C'est la cour qui a régné et non le monarque. C'est la cour qui fait et défait, qui appelle et renvoie les ministres, qui crée et distribue les places, etc. Et qu'est-ce que la cour, sinon la tête de cette immense aristocratie qui couvre toutes les parties de la France, qui, par ses membres, atteint à tout et exerce partout ce qu'il y a d'essentiel dans toutes les parties de la chose publique ? Aussi le peuple s'est-il accoutumé à séparer dans ses murmures le monarque des moteurs du pouvoir. Il a toujours regardé le roi comme un homme si sûrement trompé et tellement sans défense au milieu d'une cour active et toute-puissante, qu'il n'a jamais pensé à s'en prendre à lui de tout le mal qui s'est fait sous son nom.

Résumons : le tiers état n'a pas eu jusqu'à présent de vrais représentants aux États généraux. Ainsi ses droits politiques sont nuls.

CHAPITRE III

QUE DEMANDE LE TIERS ÉTAT ? A DEVENIR QUELQUE CHOSE.

Il ne faut point juger de ses demandes par les observations isolées de quelques auteurs plus ou moins instruits des droits de l'homme. L'ordre du tiers état (1) est encore fort reculé à cet égard, je ne dis pas seulement sur les lumières de ceux qui ont étudié l'ordre social, mais encore sur cette masse d'idées communes qui forment l'opinion publique. On ne peut apprécier les véritables pétitions de cet ordre que par les réclamations authentiques que les grandes

(1) *Var. :* Le tiers état.

municipalités du royaume ont adressées au gouvernement. Qu'y voit-on ? que le peuple veut être *quelque chose*, et en vérité le moins qu'il est possible. Il veut avoir de vrais représentants aux États généraux, c'est-à-dire des députés *tirés de son ordre*, qui soient habiles à être les interprètes de son vœu et les défenseurs de ses intérêts. Mais à quoi lui servirait d'assister aux États généraux, si l'intérêt contraire au sien y prédominait ! Il ne ferait que consacrer par sa présence l'oppression dont il serait l'éternelle victime. Ainsi, il est bien certain qu'il ne peut venir voter aux États généraux, s'il ne doit pas y avoir *une influence au moins égale à celle des privilégiés*, et il demande un nombre de représentants égal à celui des deux autres ordres ensemble (1). Enfin, cette égalité de représentation deviendrait parfaitement illusoire, si chaque chambre avait sa voix séparée. Le tiers demande donc que les votes y soient pris *par têtes et non par ordre*. Voilà à quoi se réduisent ces réclamations qui ont paru jeter l'alarme chez les privilégiés, parce qu'ils ont cru que par cela seul la réforme des abus devenait indispensable. La véritable intention du tiers état est d'avoir aux États généraux une influence *égale* à celle des privilégiés. Je le répète, peut-il demander moins ? Et n'est-il pas clair que si son influence y est au-dessous de l'égalité, on ne peut pas espérer qu'il sorte de sa nullité politique et qu'il devienne *quelque chose* ?

Mais ce qu'il y a de véritablement malheureux, c'est que les trois articles qui forment la réclamation du tiers sont insuffisants pour lui donner cette égalité d'influence dont il ne peut point, en effet, se passer. Vainement obtiendra-t-il un nombre égal de représentants tirés de son ordre : l'influence des privilégiés viendra se placer et dominer dans le sanctuaire même du tiers. Où sont les postes, les emplois, les bénéfices à donner ? De quel côté est le besoin de la protection ? De quel côté est le pouvoir de protéger ?... Et les (2) non-privilégiés qui paraîtraient les plus propres par leurs talents à soutenir les intérêts de leur ordre ne sont-ils pas élevés dans un respect superstitieux ou forcé envers

(1) On vient de lui accorder cette seconde demande, sans s'expliquer sur la troisième, et en lui refusant tout net la première. Mais n'est-il pas évident que l'une ne peut pas aller sans l'autre ? Elles forment un tout. En détruire une, c'est les annuler toutes les trois. Nous dirons plus bas à qui il appartient de prononcer sur tout ce qui touche à la constitution.

(2) *Var.* : Eux-mêmes ces.

la noblesse ? On sait combien les hommes en général sont faciles
à se plier à toutes les habitudes qui peuvent leur devenir utiles.
Ils pensent constamment à améliorer leur sort ; et lorsque l'industrie personnelle ne peut avancer par les voies honnêtes, elle se
jette dans de fausses routes. Je ne sais quel peuple de l'antiquité,
pour accoutumer ses enfants aux exercices violents ou adroits,
n'accordait des aliments qu'après leurs succès ou leurs efforts en
ce genre (1). De même, parmi nous, la classe la plus habile du
tiers état a été forcée, pour obtenir son nécessaire, de se dévouer
à la volonté des hommes puissants. Cette partie (2) de la nation
en est venue à former comme une grande antichambre où, sans cesse
occupée de ce que disent ou font ses maîtres, elle est toujours
prête à tout sacrifier aux fruits qu'elle se promet du bonheur de
plaire. A voir de pareilles mœurs, comment ne pas craindre que les
qualités les plus propres à la défense de l'intérêt national ne
soient prostituées à celle des préjugés ? Les défenseurs les plus
hardis de l'aristocratie seront dans l'ordre du tiers état et parmi
les hommes qui, nés avec beaucoup d'esprit et peu d'âme, sont
aussi avides du pouvoir (3) et des caresses des grands qu'incapables de sentir le prix de la liberté.

Outre l'empire de l'aristocratie, qui, en France, dispose de tout,
et de cette superstition féodale qui avilit encore la plupart des
esprits, il y a l'influence de la propriété : celle-ci est naturelle ;
je ne la proscris point ; mais on conviendra qu'elle est encore tout
à l'avantage des privilégiés et qu'on peut redouter avec raison
qu'elle ne leur prête son puissant appui contre le tiers état.

Les municipalités ont cru trop facilement qu'il suffisait d'écarter
la personne des privilégiés de la représentation du peuple, pour
être à l'abri de l'influence des privilèges. Dans les campagnes et
partout, quel est le seigneur un peu populaire qui n'ait à ses
ordres, s'il le veut bien, une foule indéfinie d'hommes du peuple ?
Calculez les suites et les contre-coups de cette première influence,
et rassurez-vous, si vous le pouvez, sur les résultats d'une assemblée que vous voyez fort loin des premiers comices, mais qui

(1) *Var. :* Chez un peuple ancien, les enfants n'avaient à manger qu'après
s'être livrés à des exercices violents ou adroits. C'était le moyen de les
y habituer et de les y faire exceller.
(2) *Var. :* Ainsi cette malheureuse partie.
(3) *Var. :* De fortune, de pouvoir.

n'en est pas moins une combinaison de ces premiers éléments. Plus on considère ce sujet, plus on aperçoit l'insuffisance des trois demandes du tiers. Mais enfin, telles qu'elles sont, on les a attaquées avec force : examinons les prétextes de cette hostilité.

§. 1

PREMIÈRE DEMANDE

Que les représentants du tiers état ne soient choisi que parmi les citoyens qui appartiennent véritablement au tiers.

Nous avons déjà expliqué que, pour appartenir véritablement au tiers, il ne fallait être taché d'aucune espèce de privilège.

Les gens de robe, parvenus à la noblesse par une porte qu'ils ont arrêté, on ne sait pas pourquoi, de refermer après eux (1), veulent à toute force être des États généraux. Ils se sont dit : la noblesse ne veut pas de nous ; nous ne voulons pas du tiers ; s'il était possible que nous formassions un ordre particulier, cela serait admirable ; mais nous ne le pouvons pas. Comment faire ? Il ne nous reste qu'à maintenir l'ancien abus, par lequel le tiers députait des nobles ; et par là nous satisferons nos désirs, sans manquer à nos prétentions. Tous les nouveaux nobles, quelle que soit leur origine, se sont hâtés de répéter dans le même esprit : il faut que le tiers puisse députer des gentilshommes. La vieille noblesse, qui se dit la bonne, n'a pas le même intérêt à conserver cet abus ; mais elle sait calculer. Elle a dit : nous mettrons nos enfants dans la chambre des communes, et, en tout, c'est une excellente idée que de nous charger de représenter le tiers.

Une fois la volonté bien décidée, les raisons, comme l'on sait, ne manquent jamais. Il faut, a-t-on dit, conserver l'ancien *usage*..., excellent usage, qui, pour représenter le tiers, l'a positivement exclu, jusqu'à ce moment, de la représentation ! L'ordre du tiers a ses droits politiques, comme ses droits civils ; il doit exercer par

---

(1) Ils disent qu'ils veulent dorénavant *se bien composer*, et c'est pour cela qu'ils ont adopté une mesure au moyen de laquelle toutes les places de la robe ne pourront guère appartenir qu'aux familles qui les possèdent aujourd'hui. On se souvient de ce que nous avons dit plus haut de l'aristocracisme avide de tous les pouvoirs.

lui-même les uns comme les autres. Quelle idée que celle de *distinguer* les ordres pour l'utilité des deux premiers et le malheur du troisième, et de les *confondre*, dès que cela est encore utile aux deux premiers et nuisible à la nation! Quel usage à maintenir, que celui en vertu duquel les ecclésiastiques et les nobles pourraient s'emparer de la chambre du tiers! De bonne foi, se croiraient-ils représentés si le tiers pouvait envahir la députation de leurs ordres?

Il est permis, pour montrer le vice d'un principe, d'en pousser les conséquences jusqu'où elles peuvent aller. Je me sers de ce moyen et je dis : si les gens des trois états se permettent de donner indifféremment leur procuration à qui il leur plaît, il est possible qu'il n'y ait que des membres d'un seul ordre à l'assemblée. Admettrait-on, par exemple, que le clergé seul pût représenter toute la nation? Je vais plus loin. Après avoir chargé un ordre de la confiance des trois états, réunissons sur un seul individu la procuration de tous les citoyens : soutiendra-t-on qu'un seul individu pourrait remplacer les États généraux? Quand un principe mène à des conséquences absurdes, c'est qu'il est mauvais.

On ajoute que c'est nuire à la liberté des commettants, que de les borner dans leur choix; j'ai deux réponses à faire à cette prétendue difficulté. La première, qu'elle est de mauvaise foi, et je le prouve. On connaît la domination des seigneurs sur les paysans et autres habitants des campagnes; on connaît les manœuvres accoutumées ou possibles de leurs nombreux agents, y compris les officiers de leurs justices. Donc, tout seigneur qui voudra influencer la première élection est, en général, assuré de se faire députer au bailliage, où il ne s'agira plus que de choisir parmi les seigneurs eux-mêmes ou parmi ceux qui ont mérité leur plus intime confiance. Est-ce pour la liberté du peuple que vous vous ménagez le pouvoir de lui ravir sa confiance ? Il est affreux d'entendre profaner le nom sacré de la liberté pour cacher les desseins qui y sont les plus contraires. Sans doute, il faut laisser aux commettants toute leur liberté, et c'est pour cela même qu'il est nécessaire d'exclure de leur députation tous les privilégiés trop accoutumés à dominer impérieusement le peuple.

Ma seconde réponse est directe. Il ne peut y avoir, dans aucun genre, une liberté ou un droit sans limites. Dans tous les pays, la loi a fixé des caractères certains, sans lesquels on ne peut être ni électeur ni éligible. Ainsi, par exemple, la loi doit déterminer un âge au-dessous duquel on sera inhabile à représenter ses conci-toyens. Ainsi les femmes sont partout, bien ou mal, éloignées de ces sortes de procurations. Il est constant qu'un vagabond, un men-diant ne peuvent être chargés de la confiance politique des peuples. Un domestique et tout ce qui est dans la dépendance d'un maître, un étranger non naturalisé, seraient-ils admis à figurer parmi les représentants de la nation ? La liberté politique a donc ses limites comme la liberté civile. Il s'agit seulement de savoir si la condition de la non-éligibilité, que le tiers réclame, n'est pas aussi essentielle que toutes celles que je viens d'indiquer. Or, la comparaison est toute en sa faveur ; car un mendiant, un étranger, peuvent n'avoir pas un intérêt opposé à l'intérêt du tiers. Au lieu que le noble et l'ecclésiastique sont, par état, amis des privilèges dont ils profitent. Ainsi, la condition exigée par le tiers est pour lui la plus importante de toutes celles que la loi, d'accord avec l'équité et la nature des choses, doit mettre au choix des représentants.

Pour faire ressortir davantage ce raisonnement, je fais une hypothèse. Je suppose que la France est en guerre avec l'Angle-terre et que tout ce qui est relatif aux hostilités se conduit, chez nous, par un Directoire composé de représentants nationaux. Dans ce cas, je le demande, permettrait-on aux provinces, sous prétexte de ne pas choquer leur liberté, de choisir, pour leurs députés au Directoire, des membres du ministère anglais ?

Certes, les privilégiés ne se montrent pas moins ennemis de l'ordre commun, que les Anglais ne le sont des Français en temps de guerre.

Par une suite de ces principes, on ne doit point souffrir que ceux du tiers, qui appartiennent trop exclusivement aux membres des deux premiers ordres, puissent être chargés de la confiance des communes. On sent qu'ils en sont incapables par leur posi-tion ; et cependant, si l'exclusion n'était pas formelle, l'influence des seigneurs, devenue inutile pour eux-mêmes, ne manquerait pas de s'exercer en faveur des gens dont ils disposent. Je demande, surtout, qu'on fasse attention aux nombreux agents de la féodalité (1).

C'est aux restes odieux de ce régime barbare que nous devons

(1) Des vexations innombrables de la part de ces agents désolent encore les campagnes. On peut dire que l'ordre privilégié traîne une queue aussi

la division encore subsistante, pour le malheur de la France, de trois ordres ennemis l'un de l'autre. Tout serait perdu si les mandataires de la féodalité venaient à usurper la députation de l'ordre commun. Qui ne sait que les serviteurs se montrent plus apres et plus hardis pour l'intérêt de leurs maîtres, que les maîtres eux-mêmes ?

Je sais que cette proscription s'étend sur beaucoup de monde, puisqu'elle regarde, en particulier, tous les officiers des justices seigneuriales (1), etc...; mais c'est ici la force des choses qui commande.

Le Dauphiné a donné sur cela un grand exemple. Il est nécessaire d'écarter, comme lui, de l'éligibilité du tiers, les gens du fisc et leurs cautions, ceux de l'administration, etc. Quant aux fermiers des biens appartenant aux deux premiers ordres, je pense bien aussi que, dans leur condition actuelle, ils sont trop dépendants pour voter librement en faveur de leur ordre. Mais ne puis-je espérer que le législateur consentira un jour à s'éclairer sur les intérêts de l'agriculture, sur ceux du civisme et de la prospérité publique; qu'il cessera enfin de confondre l'âpreté fiscale avec l'œuvre du gouvernement? Alors on permettra, on favorisera même des *baux à vie* sur la tête du fermier, et nous ne les regarderons plus, ces fermiers si précieux, que comme des tenanciers libres, très propres assurément à soutenir les intérêts de la nation (2).

On a cru renforcer la difficulté que nous venons de détruire, en avançant que le tiers état n'avait pas des membres assez éclairés,

---

fâcheuse que lui-même. Le fisc, avec ses cent bras, ne pèse pas plus fortement sur les peuples.

(1) *Des justices patrimoniales!* Peut-on (a) imaginer rien de plus étrange (b) ? C'est aux jurisconsultes que nous devons d'avoir consacré le plus qu'ils ont pu des débris de l'anarchie féodale. Dans un pays que l'on dit si monarchique, il est bizarre de voir le sceptre brisé en mille morceaux et les voleurs transformés en propriétaires légitimes. Certes, c'est avoir une singulière idée de la propriété que d'y confondre les fonctions publiques.

(2) Un aristocrate qui veut plaisanter sur ce qu'il appelle les prétentions du tiers état, affecte toujours de confondre cet ordre avec son laquais, son cordonnier, etc.; il choisit alors le langage qu'il croit le plus propre à inspirer du mépris pour les gens dont il parle. Mais pourquoi les dernières classes déshonoreraient-elles un *ordre*, puisqu'elles ne déshonorent point une nation ?... Quand, au contraire, on veut diviser le tiers, on sait très bien distinguer les différentes classes du peuple. On a beau faire, ce n'est ni la différence des professions, ni celle des lumières qui

(a) *Var.:* Il est difficile.
(b) *Var.:* Contraire à la saine politique.

assez courageux, etc., pour le représenter, et qu'il fallait recourir aux lumières de la noblesse... Cette étrange assertion ne mérite pas de réponse. Considérez les classes *disponibles* du tiers état, et j'appelle, avec tout le monde, classes disponibles, celles où une sorte d'aisance permet aux hommes de recevoir une éducation libérale, de cultiver leur raison, enfin de s'intéresser aux affaires publiques. Ces classes-là n'ont pas d'autre intérêt que celui du reste du peuple. Voyez si elles ne contiennent pas assez de citoyens instruits, honnêtes, dignes, à tous égards, d'être de bons représentants de la nation.

Mais enfin, dit-on, si un bailliage s'obstine à ne vouloir donner sa procuration du tiers qu'à un noble ou un ecclésiastique ? s'il n'a de confiance qu'en lui ?...

J'ai déjà dit qu'il ne pouvait pas y avoir de liberté illimitée et que, parmi toutes les conditions à imposer à l'éligibilité, celle que le tiers réclamait était la plus nécessaire de toutes. Mais répondons plus immédiatement. Je suppose qu'un bailliage veuille absolument se nuire ; doit-il avoir pour cela le droit de nuire aux autres ? Si je suis seul intéressé aux démarches de mon procureur fondé, on pourra se contenter de me dire : Tant pis pour vous, pourquoi l'avez-vous mal choisi ? Mais ici les députés d'un district ne sont pas seulement les représentants du bailliage qui les a nommés, ils sont encore appelés à représenter la généralité des citoyens, à voter pour tout le royaume. Il faut donc une règle commune et des conditions, dussent-elles déplaire à certains commettants, qui puissent rassurer la totalité de la nation contre le caprice de quelques électeurs.

§ 2

DEUXIÈME DEMANDE DU TIERS

Que ses députés soient en nombre égal à ceux des deux ordres privilégiés.

Je ne puis m'empêcher de le répéter : la timide insuffisance de cette réclamation se ressent encore des vieux temps. Les villes du

---

divise les hommes, c'est celle des intérêts. Dans la question présente, il n'en est que deux : celui des privilégiés et celui des non-privilégiés. (Note de la 2e édition.)

royaume n'ont pas assez consulté les progrès des lumières et même de l'opinion publique. Elles n'auraient pas rencontré plus de difficultés en demandant deux voix contre une, et peut-être se fût-on hâté, alors, de leur offrir cette égalité contre laquelle on combat aujourd'hui avec tant d'éclat.

Au reste, quand on veut décider une question comme celle-ci, il ne faut pas se contenter, comme on le fait trop souvent, de donner son désir, ou sa volonté, ou l'usage pour des raisons ; il faut remonter aux principes. Les droits politiques, comme les droits civils, doivent tenir à la qualité de citoyen. Cette propriété légale est la même pour tous, sans égard au plus ou moins de propriété réelle dont chaque individu peut composer sa fortune ou sa jouissance. Tout citoyen qui réunit les conditions déterminées pour être électeur, a droit de se faire représenter, et sa représentation ne peut pas être une fraction de la représentation d'un autre. Ce droit est un ; tous l'exercent également, comme tous sont protégés également par la loi qu'ils ont concouru à faire. Comment peut-on soutenir, d'un côté, que la loi est l'expression de la volonté générale, c'est-à-dire de la pluralité, et prétendre en même temps que dix volontés individuelles peuvent balancer mille volontés particulières ? N'est-ce pas s'exposer à laisser faire la loi par la minorité, ce qui est évidemment contre la nature des choses ?

Si ces principes, tout certains qu'ils sont, sortent un peu trop des idées communes, je rappellerai le lecteur à une comparaison qui est sous ses yeux.

N'est-il pas vrai qu'il paraît juste à tout le monde, excepté à M. l'évêque de Nev. (1), que l'immense bailliage du Poitou ait plus de représentants aux États généraux que le petit bailliage de Gex ? Pourquoi cela ? Parce que, dit-on, la population et la contribution du Poitou sont bien supérieures à celles de Gex. On admet donc des principes d'après lesquels on peut déterminer la proportion des représentants. Voulez-vous que la contribution en décide ? Mais quoique nous n'ayons pas une connaissance certaine de l'imposition respective des ordres, il saute aux yeux que le tiers en supporte plus de la moitié.

_____

(1) Ces mots : *Excepté à M. l'évêque de Nev.* ne sont pas dans la 2ᵉ édition. L'évêque de Nevers était alors Pierre de Seguiran. C'est peut-être à l'Assemblée des notables, dont il fit partie, qu'il émit cette opinion. Mais nous n'avons rien trouvé sur ce point. (Note de l'éditeur.)

A l'égard de la population on sait quelle immense supériorité le troisième ordre a sur les deux premiers. J'ignore, comme tout le monde, quel en est le véritable rapport; mais, comme tout le monde, je me permettrai de faire mon calcul.

D'abord pour le clergé. Nous compterons quarante mille paroisses, en y comprenant les annexes; ce qui donne tout d'un coup le nombre des curés, y compris les desservants des annexes, ci 40 000

On peut bien compter un vicaire par quatre paroisses l'une dans l'autre, ci 10 000

Le nombre des cathédrales est comme celui des diocèses : à vingt chanoines l'un dans l'autre, y compris les cent quarante évêques ou archevêques. 2 800

On peut supposer, à vue de pays, que les chanoines de collégiales montent au double, ci 5 600

Après cela, il ne faut pas croire qu'il reste autant de têtes ecclésiastiques qu'il y a de bénéfices simples, abbayes, prieurés et chapelles. On sait, de reste, que la pluralité des bénéfices n'est pas inconnue en France. Les évêques et les chanoines sont en même temps abbés, prieurs et chapelains. Pour ne pas faire un double emploi. j'estime à trois mille bénéficiers ceux qui ne sont pas déjà compris dans les nombres ci-dessus, ci . . 3 000

Enfin, je suppose environ deux mille ecclésiastiques, bien entendu dans les ordres sacrés, n'ayant aucune espèce de bénéfices 2 000

Il reste les moines et les religieuses, qui sont diminués, depuis trente ans, dans une progression accélérée. Je ne crois pas qu'il y en ait aujourd'hui plus de dix-sept mille, ci. 17 000

Nombre total des têtes ecclésiastiques 80 400

Noblesse. Je ne connais qu'un moyen d'approcher du nombre des individus de cet ordre. C'est de prendre la province où ce nombre est le mieux connu et de la comparer au reste de la France. La Bretagne est cette province; et je remarque d'avance qu'elle est plus féconde en noblesse que les autres, soit parce qu'on n'y déroge point, soit à cause des privilèges qui y retiennent les familles, etc. On compte en Bretagne dix-huit cent familles nobles. J'en suppose deux mille, parce qu'il en est qui n'entrent pas encore aux États.

En estimant chaque famille à cinq personnes, il y a en Bretagne dix mille nobles de tout âge et de tout sexe. Sa population totale est de deux millions trois cent mille individus. Cette somme est à la population de la France entière comme 1 à 11. Il s'agit donc de multiplier dix mille par onze, et l'on aura cent dix mille têtes nobles au plus pour la totalité du royaume, ci 110 000

Donc, en tout, il n'y a pas deux cent mille privilégiés des deux premiers ordres (1). Comparez ce nombre à celui de vingt-cinq à vingt-six millions d'âmes, et jugez la question.

(1) J'observe sur cela qu'en déduisant les moines et les religieuses, mais non les couvents, du nombre total des ecclésiastiques, on peut croire qu'il en reste à peu près 70,000, qui sont véritablement citoyens, contribuables, et qui ont qualité pour être *électeurs*. Dans la noblesse, si vous ôtez les femmes et les enfants non contribuables, non *électeurs*, à peine restera-t-il 30 à 40,000 citoyens qui aient les mêmes qualités ; il suit de là que le clergé est, relativement à la représentation nationale, une masse bien plus considérable que la noblesse. Si je fais cette observation, c'est précisément parce qu'elle est contraire au torrent des préjugés actuels. Je ne plierai pas devant l'idole ; et lorsque le tiers, entraîné par une aveugle animosité, applaudit à une disposition par laquelle la noblesse obtient deux fois plus de représentants que le clergé, je dirai au tiers qu'il ne consulte ni la raison, ni la justice, ni son intérêt. Le public ne saura-t-il jamais rien voir qu'à travers les préjugés du moment ? Qu'est-ce que le clergé ? Un corps de mandataires chargés des fonctions publiques de l'instruction et du culte. Changez-en l'administration intérieure ; réformez-le plus ou moins ; mais il est nécessaire, sous une forme ou sous l'autre. Ce corps n'est point une caste exclusive, il est ouvert à tous les citoyens ; ce corps est fondé de manière qu'il ne coûte rien à l'État. Calculez seulement ce qu'il en coûterait au trésor royal pour ne payer que les seuls curés, et vous serez effrayé du surcroît de contribution qu'entraînerait la dilapidation de ses biens. Ce corps enfin ne peut pas ne pas faire *corps :* il est dans la hiérarchie du gouvernement. Au contraire, la noblesse est une caste exclusive, séparée du tiers qu'elle méprise. Ce n'est point un corps de fonctionnaires publics ; ses privilèges tiennent à la personne, indépendamment de tout emploi ; rien ne peut justifier son existence que la raison du plus fort ; tandis que le clergé perd tous les jours de ses privilèges, la noblesse conserve les siens, que dis-je ? elle les accroît (a). N'a-t-elle pas, aux premiers notables, obtenu que la préséance

(a) *Var.* : N'est-ce pas de nos jours qu'a paru cette ordonnance qui exige des preuves pour entrer dans le militaire, des *preuves*, non de talent, ou de bonnes dispositions, mais des *preuves de papier*, par lesquelles le tiers

Si l'on veut actuellement atteindre à la même solution, en consultant d'autres principes tout aussi incontestables, considérons que les privilégiés sont au grand corps des citoyens ce que les exceptions sont à la loi.

Toute société doit être réglée par des lois communes et soumise à un ordre commun. Si vous y faites des exceptions, au moins doivent-elles être rares ; et dans aucun cas, elles ne peuvent avoir sur la chose publique le même poids, la même influence que la règle commune. Il est réellement insensé de mettre en regard du grand intérêt de la masse nationale l'intérêt des exempts, comme on fait pour le balancer en aucune manière. Au reste, nous nous expliquerons davantage sur ce sujet dans le sixième chapitre.

Lorsque, dans quelques années, on viendra à se rappeler toutes les difficultés que l'on fait essuyer aujourd'hui à la trop modeste demande du tiers, on s'étonnera, et du peu de valeur des prétextes qu'on y oppose, et, encore plus, de l'intrépide iniquité qui a osé en chercher.

Ceux mêmes qui invoquent, contre le tiers, l'autorité des faits pourraient y lire, s'ils étaient de bonne foi, la règle de leur conduite. Il a suffi de l'existence d'un petit nombre de bonnes villes, pour former, sous Philippe le Bel, une chambre des communes aux États généraux.

Depuis ce temps, la servitude féodale a disparu, et les campagnes ont offert une population nombreuse de *nouveaux citoyens*.

---

aux assemblées provinciales, et partout, serait à l'avenir alternative entre le clergé et la noblesse ; et en demandant le partage de cette préséance, n'a-t-elle pas fait en sorte d'en exclure le tiers, qui y était également appelé par le ministère ? Dans tous les nouveaux plans de représentation, ne conserve-t-elle pas son ancienne influence de deux voix sur six ? Quel est l'ordre le plus à craindre pour le tiers, de celui qui s'affaiblit tous les jours, et dont il compose d'ailleurs les dix-neuf vingtièmes, ou de celui qui, dans un temps où les privilégiés semblent (b) devoir se rapprocher de l'ordre commun, trouve au contraire le moyen de s'élever ? Lorsque les curés jouiront, dans le clergé, du rôle auquel ils sont appelés par la force des choses, le tiers verra combien il eût été intéressant pour lui de réduire l'influence de la noblesse plutôt que celle du clergé.

---

s'est vu exclure du service ? Les parlements paraissaient avoir été créés exprès pour soutenir et fortifier un peu le peuple contre la tyrannie des seigneurs ; les parlements ont cru devoir changer de rôle : tout récemment, ils ont, sans autre façon, fait cadeau pour toujours à la noblesse de toutes les places de conseillers et de présidents, etc. Enfin, cette noblesse ne vient-elle pas aux notables de 1787, d'obtenir que.

(b) *Var.* : Semblaient.

Les villes se sont multipliées, se sont agrandies. Le commerce et les arts y ont créé, pour ainsi dire, une multitude de nouvelles classes dans lesquelles il est un grand nombre de familles aisées, remplies d'hommes bien élevés et attachés à la chose publique. Pourquoi ce double accroissement, si supérieur à ce qu'étaient autrefois les bonnes villes dans la balance de la nation, n'a-t-il pas engagé la même autorité à créer deux nouvelles chambres en faveur du tiers? L'équité et la bonne politique se réunissaient pour le demander.

On n'ose pas se montrer aussi déraisonnable à l'égard d'une autre sorte d'accroissement survenu à la France; je veux parler des nouvelles provinces qui y ont été unies depuis les derniers États généraux. Personne n'ose dire que ces nouvelles provinces ne doivent pas avoir des représentants à elles, par de là ceux qui étaient aux États de 1614. Pourquoi donc, lorsqu'il s'agit d'une augmentation qu'il est si facile de comparer à celle du territoire, puisque les fabriques et les arts offrent, comme le territoire, de nouvelles richesses, une nouvelle contribution et une nouvelle population, pourquoi, dis-je, refuse-t-on de lui donner des représentants par de là ceux qui étaient aux États de 1614?

Mais, je presse de raisons des gens qui ne savent écouter que leur intérêt. On ne peut les toucher que par un autre genre de considérations. En voici une que je leur offre. Convient-il à la noblesse d'aujourd'hui de garder le langage et l'attitude qu'elle avait dans les siècles gothiques ? Et convient-il au tiers état de garder (1), à la fin du xviiiᵉ siècle, les mœurs tristes et lâches de l'ancienne servitude? Si le tiers état sait se connaître et se respecter, certes, les autres le respecteront aussi. Qu'on songe que l'ancien rapport entre les ordres est changé des deux côtés à la fois; le tiers, qui avait été réduit à rien, a réacquis par son industrie une partie de ce que l'injure du plus fort lui avait ravi. Au lieu de redemander ses droits, il a consenti à les payer; on ne les lui a pas restitués, on les lui a vendus (2). Mais enfin, d'une manière ou d'autre, il peut s'en mettre en possession. Il ne doit pas ignorer qu'il est aujourd'hui la réalité nationale dont il n'était autrefois que l'ombre; que, pendant ce long changement, la noblesse a cessé d'être cette

---

(1) *Var. :* De languir à la fin du xviiiᵉ siècle dans les mœurs.
(2) *Var. :* Et il s'est soumis à les acheter. Mais enfin.

monstrueuse réalité féodale qui pouvait opprimer impunément, qu'elle n'en est plus que l'ombre, et que vainement cette ombre cherche-t-elle encore à épouvanter une nation entière.

§ 3

TROISIÈME ET DERNIÈRE DEMANDE DU TIERS ÉTAT

Que les États généraux votent non par ordres, mais par têtes.

On peut envisager cette question de trois manières : dans l'esprit du tiers, suivant l'intérêt des privilégiés, et enfin d'après les bons principes. Il serait inutile, sous le premier point de vue, de rien ajouter à ce que nous avons déjà dit ; il est clair que pour le tiers cette demande est une suite nécessaire des deux autres.

Les privilégiés craignent l'égalité d'influence dans le troisième ordre et ils la déclarent inconstitutionnelle ; cette conduite est d'autant plus frappante qu'ils ont été jusqu'à présent deux contre un, sans rien trouver d'inconstitutionnel à cette injuste supériorité. Ils sentent très intimement le besoin de conserver le *veto* sur tout ce qui pourrait être contraire à leur intérêt. Je ne répéterai point les raisonnements par lesquels vingt écrivains ont battu cette prétention et l'argument des anciennes formes. Je n'ai qu'une observation à faire. Il y a sûrement des abus en France ; ces abus tournent au profit de quelqu'un : ce n'est guère au tiers qu'ils sont avantageux, mais c'est bien à lui surtout qu'ils sont nuisibles. Or je demande si, dans cet état des choses, il est possible de détruire aucun abus, tant qu'on laissera le *veto* à ceux qui en profitent. Toute justice serait sans force ; il faudrait tout attendre de la pure générosité des privilégiés. Serait-ce là l'idée qu'on se forme de l'ordre social ?

Si nous voulons actuellement considérer le même sujet d'après les principes qui sont faits pour l'éclairer, c'est-à-dire d'après ceux qui forment la science sociale (1), indépendamment de tout intérêt particulier, nous verrons prendre à cette question une face nouvelle. On ne peut accueillir, soit la demande du tiers, soit la défense des privilégiés, sans renverser les notions les plus cer-

(1) *Var. :* La science de l'ordre social.

taines. Je n'accuse assurément pas les bonnes villes du royaume
d'avoir eu cette intention. Elles ont voulu se rapprocher de leurs
droits, en réclamant au moins l'équilibre entre les deux influences;
elles ont professé d'ailleurs d'excellentes vérités : car il est constant que le *veto* d'un ordre sur les autres serait un droit propre à
tout paralyser dans un pays où les intérêts sont si opposés; il est
certain qu'en ne votant point par têtes, on s'expose à méconnaître
la vraie pluralité, ce qui serait le plus grand des inconvénients (1),
parce que la loi serait radicalement nulle. Ces vérités sont incontestables. Mais les trois ordres, tels qu'ils sont constitués, pour-
ront-ils se réunir pour voter par têtes ? telle est la véritable question. Non. A consulter les vrais principes, ils ne peuvent voter *en
commun*, ni (2) par têtes, ni par ordres. Quelque proportion que vous
adoptiez entre eux, elle ne peut remplir le but qu'on se propose,
qui serait de lier la totalité des représentants par *une* volonté commune. Cette assertion a, sans doute, besoin de développement et
de preuves : qu'on me permette de les renvoyer au sixième chapitre.
Je ne veux pas déplaire à ces personnes modérées qui craignent
toujours que la vérité ne se montre mal à propos. Il faut auparavant leur arracher l'aveu que la situation des choses est telle
aujourd'hui, par la seule faute des privilégiés, qu'il est temps de
prendre son parti et de dire ce qui est vrai et juste dans toute sa
force.

CHAPITRE IV

CE QUE LE GOUVERNEMENT A TENTÉ ET CE QUE LES PRIVILÉGIÉS PROPOSENT EN FAVEUR DU TIERS

Le gouvernement entraîné, non par des motifs dont on puisse
lui savoir gré, mais par ses fautes, convaincu qu'il ne pouvait y
remédier sans le concours volontaire de la nation, a cru s'assurer,
de sa part, un consentement aveugle à tous ses projets, en offrant
de faire quelque chose pour elle. Dans cette vue, M. de Calonne
proposa le plan des assemblées provinciales.

(1) *Var. :* Le plus grand inconvénient.
(2) *Var. :* Ils ne le peuvent ni par tête ni par ordre.

§ 1

ASSEMBLÉES PROVINCIALES

Il était impossible de s'occuper, un moment, de l'intérêt de la nation sans être frappé de la nullité politique du tiers. Le ministre a senti même que la distinction des ordres était contraire à toute espérance de bien, et il a projeté (1) sans doute de la faire disparaître avec le temps. C'est du moins dans cet esprit que le premier plan des assemblées provinciales paraît avoir été conçu et rédigé. Il ne faut que le lire avec un peu d'attention pour s'apercevoir qu'on n'y avait pas égard à l'ordre *personnel* des citoyens. Il n'y était question que de leurs propriétés, ou de l'ordre *réel*. C'était comme propriétaire et non comme prêtre, noble ou roturier, qu'on devait être appelé dans ces assemblées, intéressantes par leur objet, bien plus importantes encore par la manière dont elles devaient se former, puisque par elles s'établissait une véritable représentation nationale.

Quatre espèces de propriétés étaient distinguées : 1° les seigneuries. Ceux qui les possèdent, nobles ou roturiers, ecclésiastiques ou laïques, devaient former la première classe. On divisait en trois autres classes les propriétés ordinaires ou simples, par opposition aux seigneuries. Une distribution plus naturelle n'en aurait formé que deux, indiquées par la nature des travaux et la balance des intérêts; savoir, les propriétés de la campagne et celles des villes. Dans ces dernières, on aurait compris, avec les maisons, tous les arts, fabriques, métiers, etc. Mais on croyait sans doute que le temps n'était pas encore venu de fondre dans ces deux divisions les biens ordinaires ecclésiastiques. Ainsi on avait cru devoir laisser les biens simples du clergé dans une classe séparée. C'était la seconde. La troisième comprenait les biens de la campagne, et la quatrième les propriétés des villes.

Remarquez que, trois de ces sortes de propriétés étant indistinctement possédées par des citoyens des trois ordres, trois classes sur quatre auraient pu être composées indifféremment de nobles, de roturiers ou de prêtres. La deuxième classe elle-même aurait contenu des chevaliers de Malte, et même des laïques pour représenter les hôpitaux, les *Fabriques* paroissiales, etc.

(1) *Var. :* Projeta.

Il est naturel de croire que, les affaires publiques se traitant dans ces assemblées, sans égard à l'ordre personnel, il se serait bientôt formé une communauté d'intérêts entre les trois ordres, qui aurait été, par conséquent, l'intérêt général ; et la nation aurait fini par où toutes les nations auraient dû commencer, par être *une*.

Tant de bonnes vues ont échappé à l'esprit si vanté du principal ministre. Ce n'est pas qu'il n'ait très bien vu l'intérêt qu'il voulait servir ; mais il n'a rien compris à la valeur réelle de ce qu'il gâtait. Il a rétabli la division impolitique des ordres personnels ; et quoique ce seul changement entraînât la nécessité de faire un nouveau plan, il s'est contenté de l'ancien, pour tout ce qui ne lui paraissait pas choquer ses intentions ; et il s'étonnait ensuite des mille difficultés qui sortaient tous les jours du défaut de concordance. La noblesse surtout ne concevait pas comment elle pourrait se régénérer dans des assemblées où l'on avait oublié les généalogistes. Ses anxiétés, à cet égard, ont été plaisantes pour les observateurs.

Parmi tous les vices d'exécution de cet établissement, le plus grand a été de le commencer par les toits au lieu de le reposer sur ses fondements naturels, l'élection libre des peuples. Mais, au moins, ce ministre, pour rendre hommage aux droits du tiers état, lui annonçait-il un nombre de représentants pour son ordre égal à ceux du clergé et de la noblesse réunis. L'institution est positive sur cet article. Qu'en est-il arrivé ? Que l'on a fait nommer des députés au tiers parmi les privilégiés. Je connais une de ces assemblées où, sur cinquante-deux membres, il n'y en a qu'un seul qui ne soit pas privilégié. C'est ainsi qu'on sert la cause du tiers, même après avoir publiquement annoncé qu'on veut lui rendre justice !

§ 2

NOTABLES

Les notables ont trompé l'espoir de l'un et de l'autre ministre. Rien n'est plus juste, à leur égard, que l'excellent coup de pinceau de M. C .....i. « Le roi les a rassemblés deux fois autour de lui pour les consulter sur les intérêts du trône et de la nation. Qu'ont fait les notables en 1787 ? Ils ont défendu leurs privilèges contre le trône. Qu'ont fait les notables en 1788 ? Ils ont défendu leurs privi-

lèges contre la nation (1). » C'est qu'au lieu de consulter des notables en *privilèges*, il aurait fallu consulter des notables en *lumières*.
Les plus petits particuliers ne s'y trompent pas, lorsqu'ils ont à
demander conseil dans leurs affaires, ou dans celles des gens qui les
intéressent véritablement.

M. Necker s'est abusé. Mais pouvait-il imaginer que ces mêmes
hommes, qui avaient voté pour admettre le tiers en nombre égal
dans les assemblées provinciales, rejetteraient cette égalité pour
les États généraux? Quoi qu'il en soit, le public ne s'y est point
trompé. On l'a toujours entendu désapprouver une mesure dont il
prévoyait l'événement, et à laquelle, dans la meilleure supposition,
il attribuait des lenteurs préjudiciables à la nation. Il semble que
ce serait ici le lieu de développer quelques-uns des motifs qui ont
inspiré la majorité des derniers notables. Mais n'anticipons pas sur le
jugement de l'histoire ; elle ne parlera que trop tôt pour des hommes
qui, placés dans la plus belle des circonstances et pouvant dicter
à une grande nation ce qui est juste, beau et bon, ont mieux aimé
prostituer cette superbe occasion à un misérable intérêt de corps.

Les tentatives du ministère, comme l'on voit, n'ont pas produit
d'heureux fruits en faveur du tiers.

§ 3

ÉCRIVAINS PATRIOTES DES DEUX PREMIERS ORDRES

C'est une chose remarquable que la cause du tiers ait été dé-
fendue avec plus d'empressement et de force par des écrivains
ecclésiastiques et nobles, que par les non privilégiés eux-mêmes.
Je n'ai vu dans les lenteurs du tiers état que l'habitude du
silence et de la crainte dans l'opprimé, ce qui présente une preuve
de plus de la réalité de l'oppression. Est-il possible de réfléchir
sérieusement sur les principes et la fin de l'état de société, sans
être révolté jusqu'au fond de l'âme de la monstrueuse partialité des

(1) Ces deux dernières phrases manquent dans la 2ᵉ édition. Quant
au passage de Cerutti, nous ne le retrouvons dans aucun des opuscules
publiés par cet écrivain avant la réunion des États généraux. Il y a cependant, dans ses *Observations rapides sur la lettre de M. de Calonne*,
s. l. n. d., in-8, p. 30, une pensée et une tournure analogues : « Les notables ont donné, en 1787, la mesure de leur fidélité ; en 1788, la mesure
de leur patriotisme. »

institutions humaines ? Je ne suis point étonné que les deux premiers ordres aient fourni les premiers défenseurs de la justice et
de l'humanité. Les *talents* tiennent à l'emploi exclusif de l'intelligence et aux longues habitudes : les membres de l'ordre du tiers
doivent par mille raisons y exceller ; mais les *lumières* (1) de la
morale publique doivent paraître d'abord chez des hommes bien
mieux placés pour saisir les grands rapports sociaux, et chez qui le
ressort originel est moins communément brisé ; car il est des sciences
qui tiennent autant à l'âme qu'à l'esprit. Si la nation parvient à la liberté, elle se tournera, je n'en doute point, avec reconnaissance vers
ces auteurs patriotes des deux premiers ordres (2), qui, les premiers
abjurant de vieilles erreurs, ont préféré les principes de la justice
universelle aux combinaisons meurtrières de l'intérêt de corps contre
l'intérêt national. En attendant les honneurs publics que la nation leur décernera, puissent-ils (3) ne pas dédaigner l'hommage
d'un citoyen dont l'âme brûle pour une patrie libre et adore tous les
efforts qui tendent à la faire sortir des décombres de la féodalité !

Certainement les deux premiers ordres sont intéressés à rétablir
le tiers dans ses droits. On ne doit point se le dissimuler ; le garant
de la liberté publique ne peut être que là où est la force réelle.
Nous ne pouvons êtres libres qu'avec le peuple et par lui.

Si une considération de cette importance est au-dessus de la
frivolité et de l'étroit égoïsme de la plupart des têtes françaises, au
moins ne pourront-elles s'empêcher d'être frappées des changements survenus dans l'opinion publique. L'empire de la raison
s'étend tous les jours davantage ; il nécessite de plus en plus la
restitution des droits usurpés. Plus tôt ou plus tard, il faudra que
toutes les classes se renferment dans les bornes du contrat social.
Sera-ce pour en recueillir les avantages innombrables ou pour les
sacrifier au despotisme ? Telle est la véritable question. Dans la
nuit de la barbarie et de la féodalité, les vrais rapports des
hommes ont pu être détruits, toutes les nations bouleversées, toute
justice corrompue ; mais, au lever de la lumière, il faut que les
absurdités gothiques s'enfuient, que les restes de l'antique férocité
tombent et s'anéantissent. C'est une chose sûre. Ne ferons-nous
que changer de maux, ou l'ordre social, dans toute sa beauté,

(1). *Var.* : Car si les talents... si les membres... les lumières.— 2) *Var.* : La
nation ne parviendra pas à la liberté sans se rappeler avec reconnaissance
les auteurs. — (3) *Var.* : Qui leur seront décernés, puissent-ils.

prendra-t-il la place de l'ancien désordre? Les changements que nous allons éprouver seront-ils le fruit d'une guerre intestine, désastreuse à tous égards pour les trois ordres, et profitable seulement au pouvoir ministériel, ou bien seront-ils l'effet naturel, prévu et bien gouverné, d'une vue simple et juste, d'un concours heureux, favorisé par des circonstances puissantes et promu avec franchise par toutes les classes intéressées ?

§ 4

PROMESSE DE SUPPORTER ÉGALEMENT LES IMPOSITIONS

Les notables ont exprimé le vœu formel de faire supporter les mêmes impositions par les trois ordres. Ce n'était pas sur cette objet qu'on leur demandait leur avis. Il s'agissait de la manière de convoquer les États généraux, et non des délibérations que cette assemblée aura à prendre. Ainsi on ne peut regarder ce vœu que comme celui qui est émané des pairs, du parlement, et enfin de tant de sociétés particulières et d'individus qui s'empressent aujourd'hui de convenir que le plus riche doit payer autant que le plus pauvre(1). On sent très bien que si les contributions avaient été ce qu'elles doivent être, un don volontaire de la part des contribuables, le tiers n'aurait pas voulu se montrer plus généreux que les autres ordres.

Nous ne pouvons le dissimuler, un concours aussi nouveau a effrayé une partie du public. Il est bon (2), sans doute, et louable de se montrer d'avance disposé à se soumettre de bon cœur à une juste répartition d'impôt, lorsqu'elle aura été prononcée par la loi. Mais d'où viennent (3), s'est-on dit, de la part du second ordre un zèle si nouveau, tant d'accord et tant d'empressement ? En offrant une cession volontaire, espérerait-il dispenser la loi d'en faire un acte de justice ? Trop d'attention à prévenir ce que doivent faire les États généraux ne pourrait-il pas tendre à s'en passer ? Je n'accuse point la noblesse de dire au roi : Sire, vous n'avez besoin des États généraux que pour rétablir vos finances : eh bien! nous offrons de payer comme le tiers ; voyez si cet excédent ne pourrait pas nous délivrer d'une assemblée qui nous

(1) *Var.* : Pauvre. Nous ne pouvons.
(2) *Var.* : Sans doute, s'est-on dit, il est bon et louable.
(3) *Var.* : Viennent de la part du second ordre.

inquiète plus que vous? Non, cette vue est impossible à supposer. On pourrait plutôt soupçonner la noblesse de vouloir faire illusion au tiers, de vouloir, au prix d'une sorte d'anticipation d'équité, donner le change à ses pétitions actuelles et le distraire de la nécessité, pour lui, d'être quelque chose aux États généraux. Elle semble dire au tiers : « Que demandez-vous? Que nous payions comme vous ? cela est juste, nous paierons. Laissez donc l'ancien train des choses, où vous n'étiez rien, où nous étions tout, et où il nous a été si facile de ne payer que ce que nous avons voulu. »

Le tiers peut répondre : « Il est temps assurément que vous portiez, comme nous, le poids d'un tribut qui vous est bien plus utile qu'à nous. Vous prévoyiez très bien que cette monstrueuse iniquité ne pouvait pas durer davantage. Si nous sommes libres dans nos dons, il est clair que nous ne pouvons (·1) en faire de plus abondants que les vôtres. Oui, vous paierez, non par générosité, mais par justice : non parce que vous le voulez bien, mais parce que vous le devez. Nous attendons, de votre part, un acte d'obéissance à la loi commune, plutôt que le témoignage d'une insultante pitié pour un ordre que vous avez si longtemps traité sans pitié. Mais c'est aux États généraux que cette affaire doit se discuter ; il s'agit aujourd'hui de les bien constituer. Si le tiers n'y est pas représenté, la nation y sera muette. Rien ne pourra s'y faire validement. Lors même que vous trouveriez le moyen d'établir partout le bon ordre sans notre concours, nous ne pouvons pas souffrir qu'on dispose de nous sans nous. Une longue et funeste expérience nous empêche même de croire à la solidité d'aucune bonne loi qui ne serait que *le don du plus fort.* »

Les privilégiés ne se lassent pas de dire que tout est égal entre les ordres, du moment qu'ils renoncent aux exemptions pécuniaires. Si tout est égal, que craignent-ils des demandes du tiers? Imagine-t-on qu'il voulût se blesser lui-même en attaquant un intérêt commun ? Si tout est égal, pourquoi tous ces efforts pour l'empêcher de sortir de sa nullité politique ?

Mais je demande où est la puissance miraculeuse qui garantira à la France l'impossibilité d'aucun abus dans *aucun genre*, par cela seul que la noblesse paiera sa quote-part de l'impôt? Que s'il subsiste encore des abus ou des désordres (2), indépendamment

---

(1) *Var.*: Ni ne devons ni ne voulons. — (2) *Var.*: Désordres, qu'on m'explique.

de ceux qui touchent à l'impôt, qu'on m'explique comment tout peut être égal entre celui qui en jouit et celui qui en souffre.

Tout est égal ! C'est donc par esprit d'égalité qu'on a prononcé au tiers l'exclusion la plus déshonorante de tous les postes, de toutes les places un peu distinguées ? C'est par esprit d'égalité qu'on lui a arraché un surcroît de tribut pour créer cette quantité prodigieuse de ressources en tout genre, destinées exclusivement à ce qu'on appelle *la pauvre noblesse* ?

Dans toutes les affaires qui surviennent entre nos privilégiés et un homme du peuple, celui-ci n'est-il pas assuré d'être impunément opprimé, précisément parce qu'il lui faut recourir, s'il ose demander justice, à des privilégiés ? Eux seuls disposent de tous les pouvoirs, et leur premier mouvement n'est-il pas de regarder la plainte du roturier comme un manque de subordination ? Pour qui sont tous ces privilèges en matière judiciaire, les attributions, les évocations, les lettres de sûrséance, etc., avec lesquels on décourage ou l'on ruine sa partie adverse ? Est-ce pour le tiers non privilégié ?

Qui sont les citoyens les plus exposés aux vexations personnelles des agents du fisc et des subalternes dans toutes les parties de l'administration ? Les membres du tiers, j'entends toujours du véritable tiers, de celui qui ne jouit d'aucune exemption.

Les lois, qui devraient au moins être exemptes de partialité, se montrent elles-mêmes complices des privilèges. Pour qui paraissent-elles être faites ? Pour les privilégiés. Contre qui ? Contre le peuple, etc., etc.

Et l'on veut que le peuple soit content et ne songe plus à rien, parce que la noblesse consent à payer comme lui ! On veut que des générations nouvelles ferment les yeux aux lumières contemporaines et s'accoutument tranquillement à un ordre d'oppression que les générations qui passent ne pouvaient plus endurer ! Laissons un sujet inépuisable et qui ne réveille que des sentiments d'indignation.

Tous les impôts particuliers au tiers seront abolis ; il n'en faut pas douter. C'était un étrange pays, que celui où les citoyens qui profitaient le plus de la chose publique y contribuaient le moins ; où il existait des impôts qu'il était honteux de supporter et que le législateur lui-même taxait d'être avilissants. Quel pays, que celui où le travail fait *déroger*, où il est honorable de consommer et humiliant de produire, où les professions pénibles sont dites *viles*,

comme s'il pouvait y avoir autre chose de vil que le vice, et comme
si c'était dans les classes laborieuses qu'il y a le plus de cette
vilité, la seule réelle ?

Enfin, tous ces mots de taille (1), de franc-fief, d'ustensiles, etc.,
seront proscrits à jamais de la langue politique, et le législateur
ne prendra plus un stupide plaisir à repousser cette foule d'étrangers que ces distinctions flétrissantes empêchaient d'apporter au
milieu de nous leurs capitaux et leur industrie.

Mais en prévoyant cet avantage et mille autres, qu'une assemblée bien constituée doit procurer aux peuples, je ne vois rien
encore qui promette au tiers une bonne constitution. Il n'en est
pas plus avancé dans ses demandes. Les privilégiés persistent à
vouloir deux chambres et deux voix sur trois, et ils soutiennent
toujours que la négative appartient à chacune d'elles.

§ 5

MOYEN TERME PROPOSÉ PAR LES AMIS COMMUNS DES PRIVILÉGIÉS
ET DU MINISTÈRE

Le ministère craint, par-dessus tout, une forme de délibération

---

(1) Il n'est pas mauvais d'observer ici que la suppression de la taille et
son remplacement par une subvention générale seraient très avantageux
aux privilégiés. Dans les pays où la taille est personnelle, qui est-ce qui
paie, en grande partie, cet impôt ? Les propriétaires des biens affermés.
C'est une vérité connue. Si donc on y substitue une subvention commune
à tous les biens, il est évident que les biens affermés seront *soulagés* de ·
toute la (a) portion du nouvel impôt qui portera sur les biens aujourd'hui
non affermés; d'où il suit que les riches, qui espèrent gagner à cette con-
version, ne doivent pas afficher tant de générosité. Dans les pays de
taille réelle, la noblesse ne doit pas non plus se faire exclusivement
honneur du retour au bon ordre. Le poids du changement annoncé portera
sur tous les possesseurs nobles ou non nobles des biens exempts de taille,
et son avantage sera commun à tous les propriétaires des biens ruraux,
soit qu'ils appartiennent à l'ordre commun ou à l'ordre noble. D'ailleurs,
les riches seigneurs doivent calculer que la suppression de la taille, etc.,
favorisera les mutations parmi leurs vassaux, et par conséquent leur offre
de nouveaux profits pécuniaires. La taille est assurément mal *assise* sur les
fermiers; mais en la prenant, sous un autre nom, sur les propriétaires eux-
mêmes pour tous les biens qu'ils *afferment*, ce sera une taxe (b) parfaitement politique, en ce qu'elle doit décourager les petits propriétaires d'a-
bandonner le gouvernement de leurs biens, et deviendra comme une taxe
prohibitive ou une amende établie sur l'oisiveté des grands propriétaires.

(a) *Var.* : D'une. — (b) *Var.* : Un impôt.

qui donnerait la mort à toutes les affaires (1). Si, du moins, on pouvait s'accorder pour remplir le déficit, le reste ne l'intéresserait plus guère ; les ordres se disputeraient tant et aussi longtemps qu'ils le pourraient. Au contraire, moins ils feraient, plus le ministère se sentirait intact dans son ancienne autorité illimitée. De là un moyen de conciliation que l'on commence à colporter partout, et qui serait aussi utile aux privilégiés et au ministère que mortel pour le tiers. On propose de voter par têtes les subsides et tout ce qui regarde l'impôt. L'on veut bien ensuite que les ordres se retirent dans leurs chambres comme dans des forteresses inexpugnables, où les communes délibéreront sans succès, les privilégiés jouiront sans crainte, pendant que le ministre restera le maître. Mais, peut-on croire que le tiers donne dans ce piège ? Le vote des subsides devant être la dernière opération des États généraux, il faudra bien qu'on se soit accordé auparavant sur une forme générale pour toutes les délibérations.

§ 6

ON PROPOSE D'IMITER LA CONSTITUTION ANGLAISE

Différents intérêts ont eu le temps de se former dans l'ordre de la noblesse. Elle n'est pas loin de se diviser en deux partis. Tout ce qui tient aux trois ou quatre cents familles les plus distinguées soupire après l'établissement d'une chambre haute, à l'exemple de celle d'Angleterre ; leur orgueil se nourrit de l'espérance de n'être plus confondues dans la foule des gentilshommes. Ainsi la haute noblesse consentirait de bon cœur à rejeter dans la chambre des communes le reste des nobles·avec la généralité des citoyens.

Le tiers se gardera, par-dessus tout (2), d'un système qui ne tendrait à rien moins qu'à remplir sa chambre de gens qui ont un intérêt si contraire à l'intérêt commun, d'un système qui le replacerait dans la nullité et l'oppression. Il existe, à cet égard, une différence réelle entre l'Angleterre et la France. En Angleterre,

(1) *Var.* : Qui, arrêtant toutes les affaires, suspendrait aussi la concession des secours qu'il attend. — (2) *Var.* : Se gardera avec attention.

il n'y a de nobles privilégiés que ceux à qui la constitution accorde une partie du pouvoir législatif (1).

Tous les autres citoyens sont confondus dans le même intérêt ; point de privilèges qui en fassent des ordres distincts. Si donc on veut en France réunir les trois ordres en un, il faut auparavant abolir toute espèce de privilège. Il faut que le noble et le prêtre n'aient d'autre intérêt que l'intérêt commun et qu'ils ne jouissent, par la force de la loi, que des droits de simple citoyen. Sans cela, vous aurez beau réunir les trois ordres sous la même dénomination ; ils feront toujours trois matières hétérogènes impossibles à amalgamer. On ne m'accusera pas de soutenir la distinction des ordres, que je regarde comme l'invention la plus funeste (2) à tout bien social. Il n'y aurait au-dessus de ce malheur que celui de confondre ces ordres *nominalement* en les laissant séparés *réellement* par le maintien des privilèges. Ce serait consacrer à jamais leur triomphe sur la nation. Le salut public exige que l'intérêt commun de la société se maintienne quelque part, pur et sans mélange. Et c'est dans cette vue, la seule bonne, la seule nationale, que le tiers ne se prêtera jamais à la confusion des trois ordres dans une prétendue chambre des communes.

Il sera appuyé dans sa résistance par la petite noblesse, qui ne voudra jamais échanger les privilèges dont elle jouit, pour une illustration qui ne serait pas pour elle. Voyez en effet comme elle s'élève en Languedoc contre l'aristocratie des barons. Les hommes en général aiment fort à ramener à l'égalité tout ce qui leur est supérieur, ils se montrent alors *philosophes*. Ce mot ne leur devient odieux qu'au moment où ils aperçoivent les mêmes principes dans leurs inférieurs.

(1) Les lords de la chambre haute ne forment même pas un *ordre* distinct. Il n'y a en Angleterre qu'un seul ordre, la nation. Le membre de la chambre des pairs est un grand mandataire nommé par la loi pour exercer une partie de la législation et les grandes fonctions judiciaires. Ce n'est pas un homme privilégié par droit de *caste*, sans relation aux fonctions publiques, puisque les frères d'un pair ne partagent pas les privilèges de leur aîné. Il est vrai que ces grandes fonctions sont attachées à la naissance, ou plutôt à la primogéniture ; c'est un hommage rendu à la féodalité, si prépondérante encore, il y a cent ans ; c'est une institution gothique et ridicule en même temps : car si les rois sont devenus héréditaires, pour éviter les troubles civils que leur élection serait capable d'occasionner, il n'y a pas de raison pour craindre rien de semblable à la nomination d'un simple lord. — (2) *Var. :* Nuisible.

§ 7

QUE L'ESPRIT D'IMITATION N'EST PAS PROPRE A NOUS BIEN CONDUIRE

Nous n'aurions pas tant de foi aux institutions anglaises, si les connaissances politiques étaient plus anciennes ou plus répandues parmi nous. A cet égard, la nation française est composée d'hommes ou trop jeunes ou trop vieux. Ces deux âges, qui se rapprochent par tant d'endroits, se ressemblent encore, en ce qu'ils ne peuvent l'un et l'autre se conduire que par l'exemple. Les jeunes cherchent à imiter, les vieux ne savent que répéter. Ceux-ci sont fidèles à leurs propres habitudes. Les autres singent les habitudes d'autrui. C'est le terme de leur industrie.

Qu'on ne s'étonne donc pas de voir une nation (1) qui, à peine, ouvre les yeux à la lumière, se tourner vers la constitution d'Angleterre, et vouloir la prendre pour modèle en tout. Il serait bien à désirer, dans ce moment, que quelque bon écrivain s'occupât de nous éclairer sur les deux questions suivantes :

La constitution britannique est-elle bonne en elle-même ? Lors même qu'elle serait bonne, peut-elle convenir à la France ?

J'ai bien peur que ce chef-d'œuvre tant vanté ne pût soutenir un examen impartial, fait d'après les principes du véritable ordre politique. Nous reconnaîtrions, peut-être, qu'il est le produit du hasard et des circonstances, bien plus que des lumières. Sa chambre haute se ressent évidemment de l'époque de la Révolution. Nous avons déjà remarqué qu'on ne pouvait guère la regarder que comme un monument de superstition gothique.

Voyez la représentation nationale, comme elle est mauvaise dans tous ses éléments, de l'aveu des Anglais eux-mêmes ! Et pourtant les caractères d'une bonne représentation sont ce qu'il y a de plus essentiel pour former une bonne législature.

Est-ce dans les vrais principes qu'a été puisée l'idée de séparer le pouvoir législatif en trois parties, dont une seule est censée parler au nom de la nation. Si les Seigneurs et le Roi ne sont pas des représentants de la nation, ils ne sont rien dans le pouvoir législatif, car la nation seule peut vouloir pour elle-même, et, par conséquent, se créer des lois. Tout ce qui entre dans le corps législatif n'est compétent à voter pour les peuples qu'autant

(1) *Var. :* Ouvrant à peine...

qu'il est chargé de leur procuration. Mais où est la procuration, lorsqu'il n'y a pas élection libre et générale ?

Je ne nie pas que la constitution anglaise ne soit un ouvrage étonnant pour le temps où elle a été fixée. Cependant, et quoiqu'on soit tout prêt à se moquer d'un Français qui ne se prosterne pas devant elle, j'oserai dire qu'au lieu d'y voir la simplicité du bon ordre, je n'y aperçois qu'un échafaudage prodigieux de précautions (1) contre le désordre (2). Et comme tout est lié dans les institutions politiques, comme il n'est point d'effet qui ne soit l'origine, à son tour, d'une suite d'effets et de causes que l'on prolonge suivant qu'on est capable de plus d'attention, il n'est point extraordinaire que les fortes têtes y aperçoivent beaucoup de profondeur. Au reste, il est dans le cours ordinaire des choses que les machines les plus compliquées précèdent les véritables progrès de l'art social comme de tous les autres arts ; son triomphe sera, pareillement, de produire les plus grands effets par les moyens les plus simples.

On aurait tort de décider en faveur de la constitution britannique, précisément parce qu'elle se soutient depuis cent ans et qu'elle paraît devoir durer pendant des siècles. En fait d'institutions humaines, quelle est celle qui ne subsiste pas très longtemps, quelque mauvaise qu'elle soit ? Le despotisme ne dure-t-il pas aussi, ne semble-t-il pas éternel dans la plus grande partie du monde ?

Une meilleure preuve est d'en appeler aux *effets*. En comparant sous ce point de vue le peuple anglais avec leurs voisins du continent, il est difficile de ne pas croire qu'ils possèdent quelque chose de mieux. En effet, ils ont une constitution, tout incomplète qu'elle peut être, et nous n'avons rien. La différence est grande. Il n'est pas étonnant qu'on s'en aperçoive aux effets

(1) *Var. :* Échafaudage de précautions.
(2) Le gouvernement est en Angleterre le sujet d'un combat continuel entre le ministère et l'aristocratie de l'opposition. La nation et le roi y paraissent presque comme simples spectateurs. La politique du roi consiste à adopter toujours le parti le plus fort. La nation redoute également l'un et l'autre parti. Il faut, pour son salut, que le combat dure ; elle soutient donc le plus faible pour l'empêcher d'être tout à fait écrasé. Mais si le peuple, au lieu de laisser le maniement de ses affaires servir de prix dans cette lutte de gladiateurs, voulait s'en occuper lui-même par de véritables représentants, croit-on, de bonne foi, que toute l'importance que l'on attache aujourd'hui à la *balance* des pouvoirs ne tomberait pas avec un ordre de choses qui seul la rend nécessaire?

Mais il y a sûrement de l'erreur à attribuer au seul pouvoir de la constitution tout ce qu'il y a de bien en Angleterre. Il y a évidemment telle loi qui vaut mieux que la constitution elle-même. Je veux parler du jugement par *jurés*, le véritable garant de la liberté individuelle en Angleterre, et dans tous les pays du monde où l'on aspirera à être libre. Cette méthode de rendre la justice est la seule qui mette à l'abri des abus du pouvoir judiciaire, si fréquents et si redoutables, partout où on n'est pas jugé par ses pairs. Avec elle, il ne s'agit plus pour être libre que de n'avoir plus rien à craindre des ordres illégaux qui pourraient émaner du pouvoir ministériel; il faut pour cela, ou une bonne constitution, l'Angleterre ne l'a point, ou des circonstances telles que le chef du pouvoir exécutif ne puisse pas soutenir, à force ouverte, ses volontés arbitraires. On voit bien que la nation anglaise est la seule à qui il soit permis de n'avoir pas une armée de terre redoutable pour la nation. C'est donc la seule qui puisse être libre sans une bonne constitution. Cette pensée devrait suffire pour nous dégoûter de la manie d'imiter nos voisins (1) et pour nous engager à consulter plutôt nos besoins et nos relations (2).

Elle n'est pas bonne cette constitution que nous ne cessons d'envier parce (3) qu'elle est *anglaise;* mais parce qu'à des défauts trop réels, elle joint des avantages précieux. Si vous tentez de la naturaliser parmi vous, il n'est pas douteux (4) que vous n'en obteniez facilement les défauts, parce qu'ils (5) seront utiles au seul pouvoir de qui vous auriez à craindre quelque obstacle. En aurez-vous les avantages ? Cette question est plus problématique, parce que vous rencontrerez alors un pouvoir intéressé à vous empêcher d'accomplir vos désirs. Enfin, pourquoi envions-nous (6) la constitution anglaise ? Parce qu'apparemment (7) elle se rapproche des bons principes de l'état social. Il est, pour juger les progrès en tout genre, un modèle du beau et du bon. On ne peut pas dire que ce modèle (8) dans l'art social nous soit moins connu aujourd'hui qu'il ne l'était aux Anglais en 1688. Or, si nous avons le vrai type du bon, pourquoi (9) nous en tenir à imiter une copie ? Élevons-

(1) *Var. :* Voisins : consultons plutôt. — (2) *Var. :* Nos besoins : ils sont plus près de nous. — (3) *Var. :* Non parce que. — (4) *Var. :* Nul doute. — (5) *Var. :* Puisqu'ils. — (6) *Var. :* Pourquoi désirons-nous avec tant d'ardeur. — (7) *Var. :* C'est qu'apparemment. — (8) *Var. :* Pour ce qui regarde l'art. — (9) *Var. :* Faut-il.

nous tout d'un coup à l'ambition de vouloir nous-mêmes servir d'exemple aux nations.

Aucun peuple, dit-on, n'a mieux fait que les Anglais. Et quand cela serait, les produits de l'art politique ne doivent-ils être à la fin du XVIII⁰ siècle que ce qu'ils ont pu être (1) dans le XVII⁰? Les Anglais n'ont pas été au-dessous des lumières de leur temps : ne restons pas au-dessous des lumières du nôtre (2). C'est ainsi qu'on imite quand on veut se montrer digne de marcher sur les traces des bons modèles. Surtout, ne nous décourageons pas de ne rien voir dans l'histoire qui puisse nous convenir (3). La véritable science de l'état de société ne date pas de loin. Les hommes ont construit (4) longtemps des chaumières avant d'être en état d'élever des palais (5). Il y a de bonnes raisons pour que l'architecture sociale ait été plus lente dans ses progrès que cette multitude d'arts qui s'associent parfaitement avec le despotisme.

CHAPITRE V

CE QU'ON AURAIT DÛ FAIRE. — PRINCIPES A CET ÉGARD

> « En morale, rien ne péut remplacer le moyen simple et *naturel*. Mais plus l'homme a perdu de temps à d'inutiles essais, plus il redoute l'idée de recommencer, comme s'il ne valait pas toujours mieux recommencer encore une fois et finir, que de rester à la merci des événements et des ressources *factices*, avec lesquelles on recommencera sans cesse sans être jamais plus avancé. »

Dans toute nation libre, et toute nation doit être libre, il n'y a qu'une manière de terminer les différends qui s'élèvent touchant la constitution. Ce n'est pas à des notables qu'il faut avoir recours, c'est à la nation elle-même. Si nous manquons de constitution, il faut en faire une ; la nation seule en a le droit. Si nous avons une

_____

(1) *Var.* : Ce qu'ils étaient. — (2) *Var.* : Nôtre. Surtout ne nous décourageons pas. — (3) *Var.* : Convenir à notre position. — (4) *Var.* : Construit et abattu. — (5) *Var.* : Qui ne voit que l'architecture sociale a dû être plus lente encore dans ses progrès, puisque c'est le seul art qui n'a point d'encouragement à recevoir des despotes et des aristocrates ?

constitution, comme quelques-uns s'obstinent à le soutenir, et que par elle l'assemblée nationale soit divisée, ainsi qu'ils le prétendent, en trois députations de trois ordres de citoyens, on ne peut pas, du moins, s'empêcher de voir qu'il y a de la part d'un de ces ordres une réclamation si forte qu'il est impossible de faire un pas de plus sans la juger. Or, à qui appartient-il de décider de pareilles contestations ?

On sent bien qu'une question de cette nature (1) ne peut paraître indifférente qu'à ceux qui, comptant pour peu en matière sociale les moyens justes et naturels, n'estiment que ces ressources factices, plus ou moins iniques, plus ou moins compliquées, qui font partout la réputation de ce qu'on appelle les hommes d'État, les grands politiques. Pour nous, nous ne sortirons point de la morale ; elle doit régler tous les rapports qui lient les hommes entre eux à leur intérêt particulier et à leur intérêt commun ou social. C'est à elle à nous dire ce qu'on aurait dû faire, et, après tout, il n'y a qu'elle qui puisse le dire. Il en faut toujours revenir aux principes simples, comme plus puissants que tous les efforts du génie.

Jamais on ne comprendra le mécanisme social, si l'on ne prend pas le parti d'analyser une société comme une machine ordinaire, d'en considérer séparément chaque partie, et de les rejoindre ensuite, en esprit, toutes l'une après l'autre, afin d'en saisir les accords et d'entendre l'harmonie générale qui en doit résulter. Nous n'avons pas besoin, ici, d'entrer dans un travail aussi étendu. Mais puisqu'il faut toujours être clair et qu'on ne l'est point en discourant sans principes, nous prierons (2) au moins le lecteur de considérer dans la formation des sociétés politiques trois époques dont la distinction préparera à des éclaircissements nécessaires.

Dans la première, on conçoit un nombre plus ou moins considérable d'individus isolés qui veulent se réunir. Par ce seul fait, ils forment déjà une nation ; ils en ont (3) tous les droits ; il ne s'agit plus que de les exercer. Cette première époque est caractérisée par le jeu des volontés *individuelles*. L'association est leur ouvrage. Elles sont l'origine de tout pouvoir.

La seconde époque est caractérisée par l'action de la volonté *commune*. Les associés veulent donner de la consistance à leur union ; ils veulent en remplir le but. Ils confèrent donc, et ils con-

---

(1) *Var.* : Une question de cette nature ne peut. — (2) *Var.* : Prierons le lecteur. — (3) *Var.* : Ont les droits.

viennent entre eux des besoins publics et des moyens d'y pourvoir.
On voit qu'ici le pouvoir appartient au public. Des volontés individuelles en sont bien toujours l'origine et en forment les éléments
essentiels ; mais considérées séparément, leur pouvoir serait nul.
Il ne réside que dans l'ensemble. Il faut à la communauté une
volonté commune ; sans l'*unité* de volonté, elle ne parviendrait
point à faire un tout voulant et agissant. Certainement aussi, ce
tout n'a aucun droit qui n'appartienne à la volonté commune. Mais
franchissons les intervalles de temps. Les associés sont trop nombreux et répandus sur une surface trop étendue pour exercer facilement eux-mêmes leur volonté commune. Que font-ils ? Ils en déta-
chent tout ce qui est nécessaire pour veiller et pourvoir aux soins
publics, et cette portion de volonté nationale, et par conséquent
de pouvoir, ils en confient l'exercice à quelques-uns d'entre eux.
Telle est l'origine d'un *gouvernement* exercé par procuration.
Remarquons sur cela plusieurs vérités. 1° La communauté ne se
dépouille point du droit de vouloir. C'est sa propriété inaliénable.
Elle ne peut qu'en commettre l'exercice. Ce principe est
développé ailleurs. 2° Le corps des délégués ne peut pas même
avoir la plénitude de cet exercice. La communauté n'a pu lui confier de son pouvoir total que cette portion qui est nécessaire
pour maintenir le bon ordre. On ne donne point du superflu en ce
genre. 3° Il n'appartient donc pas au corps des délégués de déranger les limites du pouvoir qui lui a été confié. On conçoit que cette
faculté serait contradictoire à elle-même.

Je distingue la troisième époque de la seconde, en ce que ce
n'est plus la volonté commune *réelle* qui agit, c'est une volonté
commune *représentative*. Deux caractères ineffaçables lui appartiennent ; il faut le répéter. 1° Cette volonté n'est pas pleine et
illimitée dans le corps des représentants, ce n'est qu'une portion
de la grande volonté commune nationale. 2° Les délégués ne l'exercent point comme un droit propre, c'est le droit d'autrui ; la
volonté commune n'est là qu'en commission.

Actuellement, je laisse une foule de réflexions auxquelles cet
exposé nous conduirait assez naturellement, et je marche à mon
but. Il s'agit de savoir ce qu'on doit entendre par la *constitution*
politique d'une société, et de remarquer ses justes rapports avec
la *nation* elle-même.

Il est impossible de créer un corps pour une fin, sans lui donner une organisation, des formes et des lois propres à lui faire remplir les fonctions auxquelles on a voulu le destiner. C'est ce qu'on appelle la *constitution* de ce corps. Il est évident qu'il ne peut pas exister sans elle. Il l'est donc aussi, que tout gouvernement commis doit avoir sa constitution ; et ce qui est vrai du gouvernement en général l'est aussi de toutes les parties qui le composent. Ainsi le corps des représentants, à qui est confié le pouvoir législatif ou l'exercice de la volonté commune, n'existe qu'avec la manière d'être que la nation a voulu lui donner. Il n'est rien sans ses formes constitutives ; il n'agit, il ne se dirige, il ne se commande que par elles.

A cette nécessité d'organiser le corps du gouvernement, si on veut qu'il existe ou qu'il agisse, il faut ajouter l'intérêt qu'a la nation à ce que le pouvoir public délégué ne puisse jamais devenir nuisible à ses commettants. De là, une multitude de précautions politiques qu'on a mêlées à la constitution, et qui sont autant de règles essentielles au gouvernement, sans lesquelles l'exercice du pouvoir deviendrait illégal. On sent donc la double nécessité de soumettre le gouvernement à des formes certaines, soit intérieures, soit extérieures, qui garantissent son aptitude à la fin pour laquelle il est établi et son impuissance à s'en écarter.

Mais qu'on nous dise d'après quelles vues, d'après quel intérêt on aurait pu donner une constitution à la *nation* elle-même. La nation existe avant tout, elle est l'origine de tout. Sa volonté est toujours légale, elle est la loi elle-même. Avant elle et au-dessus d'elle il n'y a que le droit *naturel*. Si nous voulons nous former une idée juste de la suite des lois *positives* qui ne peuvent émaner que de sa volonté, nous voyons en première ligne les lois *constitutionnelles*, qui se divisent en deux parties : les unes règlent l'organisation et les fonctions du corps *législatif* ; les autres déterminent l'organisation et les fonctions des différents corps *actifs*. Ces lois sont dites *fondamentales*, non pas en ce sens qu'elles puissent devenir indépendantes de la volonté nationale, mais parce que les corps qui existent et agissent par elles ne peuvent point y toucher. Dans chaque partie, la constitution n'est pas l'ouvrage du pouvoir constitué, mais du pouvoir constituant. Aucune sorte de pouvoir délégué ne peut rien changer aux conditions de sa délégation. C'est en ce sens que les lois constitutionnelles sont *fondamentales*. Les premières, celles qui établissent la législature, sont

fondées par la volonté nationale avant toute constitution; elles en
forment le premier degré. Les secondes doivent être établies par
une volonté représentative *spéciale*. Ainsi toutes les parties du
gouvernement se répondent et dépendent en dernière analyse de
la nation. Nous n'offrons ici qu'une idée fugitive, mais elle est
exacte.

On conçoit facilement ensuite comment les lois proprement
dites, celles qui protègent les citoyens et décident de l'intérêt
commun, sont l'ouvrage du corps législatif formé et se mouvant
d'après ses conditions constitutives. Quoique nous ne présentions
ces dernières lois qu'en seconde ligne, elles sont néanmoins les plus
importantes, elles sont la *fin* dont les lois constitutionnelles ne
sont que les *moyens*. On peut les diviser en deux parties: les lois
immédiates ou protectrices, et les lois médiates ou directrices.
Ce n'est pas ici le lieu de donner plus de développement à cette
analyse.

Nous avons vu naître la constitution dans la seconde époque. Il
est clair qu'elle n'est relative qu'au gouvernement. Il serait ridicule de supposer la nation liée elle-même par les formalités ou par
la constitution auxquelles elle a assujetti ses mandataires. S'il lui
avait fallu attendre, pour devenir une nation, une manière d'être
positive, elle n'aurait jamais été. La nation se forme par le seul droit
naturel. Le gouvernement, au contraire, ne peut appartenir qu'au
droit *positif*. La nation est tout ce qu'elle peut être, par cela seul
qu'elle est. Il ne dépend point de sa volonté de s'attribuer plus de
droits qu'elle n'en a. A sa première époque, elle a tous ceux d'une
nation. A la seconde époque, elle les exerce; à la troisième elle
en fait exercer par ses représentants tout ce qui est nécessaire
pour la conservation et le bon ordre de la communauté. Si l'on
sort de cette suite d'idées simples, on ne peut que tomber d'absurdités en absurdités.

Le gouvernement n'exerce un pouvoir réel qu'autant qu'il est
constitutionnel; il n'est légal qu'autant qu'il est fidèle aux lois qui
lui ont été imposées. La volonté nationale, au contraire, n'a besoin
que de sa réalité pour être toujours légale, elle est l'origine de
toute légalité.

Non seulement la nation n'est pas soumise à une constitution,
mais elle ne *peut* pas l'être, mais elle ne *doit* pas l'être, ce qui
équivaut encore à dire qu'elle ne l'est pas.

Elle ne *peut* pas l'être. De qui, en effet, aurait-elle pu recevoir une forme positive ? Est-il une autorité antérieure qui ait pu dire à une multitude d'individus : « Je vous réunis sous telles lois ; vous formerez une nation aux conditions que je vous prescris ? » Nous ne parlons pas ici brigandage ni domination, mais association légitime, c'est-à-dire volontaire et libre.

Dira-t-on qu'une nation peut, par un premier acte de sa volonté, à la vérité indépendant de toute forme, s'engager à ne plus vouloir à l'avenir que d'*une* manière déterminée ? D'abord, une nation ne peut ni aliéner, ni s'interdire le droit de vouloir ; et quelle que soit sa volonté, elle ne peut pas perdre le droit de la changer dès que son intérêt l'exige. En second lieu, envers qui cette nation se serait-elle engagée ? Je conçois comment (1) elle peut *obliger* ses membres, ses mandataires, et tout ce qui lui appartient ; mais peut-elle, en aucun sens, s'imposer des devoirs envers elle-même ? Qu'est-ce qu'un contrat avec soi-même ? Les deux termes étant la même volonté, elle peut (2) toujours se dégager du prétendu engagement.

Quand elle le pourrait, une nation ne *doit* pas se mettre dans les entraves d'une forme positive. Ce serait s'exposer à perdre sa liberté sans retour, car il ne faudrait qu'un moment de succès à la tyrannie, pour dévouer les peuples, sous prétexte de constitution, à une *forme* telle. qu'il ne leur serait plus possible d'exprimer leur volonté, et par conséquent de secouer les chaînes du despotisme. On doit concevoir les nations sur la terre comme des individus hors du lien social, ou, comme l'on dit, dans l'état de nature. L'exercice de leur volonté est libre et indépendant de toutes formes civiles. N'existant que dans l'ordre naturel, leur volonté, pour sortir tout son effet, n'a besoin que de porter les caractères *naturels* d'une volonté. De quelque manière qu'une nation veuille, il suffit qu'elle veuille ; toutes les formes sont bonnes, et sa volonté est toujours la loi suprême. Puisque, pour imaginer une société légitime, nous avons supposé aux volontés individuelles, purement naturelles, la puissance morale de former l'association, comment refuserions-nous de reconnaître une force semblable dans une volonté *commune*, également naturelle ? Une nation ne sort jamais de l'état de nature, et au milieu de tant de périls, elle n'a jamais trop de

(1) *Var. :* Comme elle peut. — (2) *Var. :* On voit qu'elle peut.

toutes les manières possibles d'exprimer sa volonté. Répétons-le : une nation est indépendante de toute forme ; et de quelque manière qu'elle veuille, il suffit que sa volonté paraisse, pour que tout droit positif cesse devant elle, comme devant la source et le maître suprême de tout droit positif.

Mais il est une preuve encore plus pressante de la vérité de nos principes.

Une nation ne doit ni ne peut s'astreindre à des formes constitutionnelles, car au premier différend qui s'élèverait entre les parties de cette constitution, que deviendrait la nation ainsi disposée à ne pouvoir agir que suivant la constitution disputée ? Faisons attention combien il est essentiel, dans l'ordre civil, que les citoyens trouvent dans une partie du pouvoir actif une autorité prompte à terminer leurs procès. De même, les diverses branches du pouvoir actif doivent pouvoir invoquer (1) la décision de la législature dans toutes les difficultés qu'elles rencontrent. Mais si votre législature elle-même, si les différentes parties de cette première constitution ne s'accordent pas entre elles, qui sera le juge suprême ? Car il en faut toujours un, ou bien l'anarchie succède à l'ordre.

Comment imagine-t-on qu'un corps constitué puisse décider de sa constitution ? Une ou plusieurs parties intégrantes d'un corps moral ne sont rien séparément. Le pouvoir n'appartient qu'à l'ensemble. Dès qu'une partie réclame, l'ensemble n'est plus ; or s'il n'existe pas, comment pourrait-il juger (2) ? Ainsi donc, on doit sentir qu'il n'y aurait plus de constitution dans un pays, au moindre embarras qui surviendrait entre ses parties, si la nation n'existait indépendante de toute règle et de toute forme constitutionnelle.

A l'aide de ces éclaircissements, nous pouvons répondre à la question que nous nous sommes faite. Il est constant que les parties de ce que vous croyez être la constitution française ne sont pas d'accord entre elles. A qui donc appartient-il de décider ? A la nation, indépendante, comme elle l'est nécessairement, de toute forme positive. Quand même la nation aurait ces états généraux

---

(1) *Var.* : Doivent chez un peuple libre invoquer.

(2) On dit en Angleterre que la Chambre des communes représente la nation. Cela n'est pas exact. Peut-être l'ai-je déjà remarqué ; en ce cas, je répète que si les communes seules représentaient toute la volonté nationale, elles formeraient seules tout le corps législatif. La constitution ayant décidé qu'elles n'en étaient qu'*une* partie sur *trois*, il faut bien que le roi et les lords soient regardés comme des représentants de la nation.

réguliers, ce ne serait pas à ce corps constitué à prononcer sur un différend qui touche à sa constitution. Il y aurait à cela une pétition de principes, un cercle vicieux.

Les représentants *ordinaires* d'un peuple sont chargés d'exercer, dans les formes constitutionnelles, toute cette portion de la volonté commune, qui est nécessaire pour le maintien d'une bonne administration. Leur pouvoir est borné aux affaires du gouvernement.

Des représentants *extraordinaires* auront tel nouveau pouvoir qu'il plaira à la nation de leur donner. Puisqu'une grande nation ne peut s'assembler elle-même en réalité toutes les fois que des circonstances hors de l'ordre commun pourraient l'exiger, il faut qu'elle confie à des représentants extraordinaires les pouvoirs nécessaires dans ces occasions. Si elle pouvait se réunir devant vous et exprimer sa volonté, oseriez-vous la lui disputer, parce qu'elle ne l'exerce pas dans une forme plutôt que dans une autre ? Ici, la réalité est tout, la forme n'est rien.

Un corps de représentants extraordinaires supplée à l'assemblée de cette nation. Il n'a pas besoin, sans doute, d'être chargé de la *plénitude* de la volonté nationale ; il ne lui faut qu'un pouvoir spécial, et dans des cas rares ; mais il remplace la nation dans son *indépendance* de toutes formes constitutionnelles. Il n'est pas nécessaire ici de prendre tant de précautions pour empêcher l'abus de pouvoir ; ces représentants ne sont députés que pour une seule affaire, et pour un temps seulement. Je dis qu'ils ne sont point astreints aux formes constitutionnelles sur lesquelles ils ont à décider. 1° Cela serait contradictoire ; car ces formes sont indécises, c'est à eux à les régler. 2° Ils n'ont rien à dire dans le genre d'affaires pour lequel on avait fixé les formes positives. 3° Ils sont mis à la place de la nation elle-même ayant à régler la constitution. Ils en sont indépendants comme elle. Il leur suffit de vouloir comme veulent des individus dans l'état de nature. De quelque manière qu'ils soient députés, qu'ils s'assemblent et qu'ils délibèrent, pourvu qu'on ne puisse pas ignorer (et comment la nation, qui les commet, l'ignorerait-elle ?) qu'ils agissent en vertu d'une commission extraordinaire des peuples, leur volonté commune vaudra celle de la nation elle même.

Je ne veux pas dire qu'une nation ne puisse donner à ses représentants ordinaires la nouvelle commission dont il s'agit ici. Les mêmes personnes peuvent sans doute concourir à former différents corps. Mais toujours est-il vrai qu'une représentation extraordinaire ne ressemble point à la législature ordinaire. Ce sont des pouvoirs distincts. Celle-ci ne peut se mouvoir que dans les formes et aux conditions qui lui sont imposées. L'autre n'est soumise à aucune forme en particulier: elle s'assemble et délibère, comme ferait la nation elle-même, si, n'étant composée que d'un petit nombre d'individus, elle voulait donner une constitution à son gouvernement. Ce ne sont point, ici, des distinctions inutiles. Tous les principes que nous venons de citer sont essentiels à l'ordre social; il ne serait pas complet, s'il pouvait se rencontrer un seul cas sur lequel il ne pût indiquer des règles de conduite capables de pourvoir à tout (1).

Il est temps de revenir au titre de ce chapitre. *Qu'aurait-on dû faire* au milieu de l'embarras et des disputes sur les prochains états généraux? Appeler des notables? Non. Laisser languir la nation et les affaires? Non. Manœuvrer auprès des parties intéressées pour les engager à céder chacune de leur côté? Non. Il fallait recourir au grand moyen d'une représentation extraordinaire. C'est la nation qu'il fallait consulter.

Répondons à deux questions qui se présentent encore. Où prendre la nation? A qui appartient-il de l'interroger?

1° Où prendre la nation? Où elle est; dans les quarante mille paroisses qui embrassent tout le territoire, tous les habitants, et tous les tributaires de la chose publique; c'est là sans doute la nation. On aurait indiqué une division territoriale pour faciliter le

(1) Ces principes décident clairement la question agitée dans ce moment en Angleterre entre MM. Pitt et Fox. M. Fox a tort de ne vouloir pas que la *nation* donne la régence à *qui et comme* il lui plaît. Où la loi ne statue pas, la nation seule peut statuer. M. Pitt se trompe en voulant faire décider la question par le Parlement. Le Parlement est incomplet, il est nul, puisque le Roi, qui en est la troisième partie, est incapable de vouloir. Les deux Chambres peuvent bien préparer un statut, elles ne peuvent point le sanctionner. Il faut donc demander à la nation des représentants extraordinaires... On n'en fera rien. Ce serait l'époque d'une bonne constitution. Ni l'opposition ni le ministre (a) n'en ont envie. On tient aux formes par lesquelles on existe; quelque vicieuses qu'elles soient, on les préfère au plus bel ordre social. Le vieillard caduc ne se console pas de mourir, quelque frais et vigoureux que puisse être le jeune homme, qu'il voit prêt à le remplacer. Les corps politiques, comme les corps naturels, se défendent tant qu'ils peuvent du dernier moment.

(a) *Var.:* Ministère.

moyen de se former en arrondissement de vingt à trente paroisses, par des premiers députés. Sur un plan semblable, les arrondissements auraient formé des provinces, et celles-ci auraient envoyé à la métropole de vrais représentants extraordinaires avec pouvoir spécial de décider de la constitution des états généraux.

Direz-vous que ce moyen eût entraîné trop de lenteurs? Pas plus en vérité que cette suite d'expédients qui n'ont abouti qu'à embrouiller les affaires. D'ailleurs, il s'agissait de prendre les vrais moyens d'aller à son but, et non de négocier avec le temps. Si on avait voulu ou su rendre hommage aux bons principes, on aurait plus fait pour la nation en quatre mois que le cours (1) des lumières et de l'opinion publique, que je suppose pourtant très puissant, ne pourra faire dans un demi siècle.

Mais, direz-vous, si la pluralité des citoyens avait nommé les représentants extraordinaires, que serait devenue la distinction des trois ordres? Que deviendraient les privilèges? Ce qu'ils doivent être. Les principes que je viens d'exposer sont certains. Il faut renoncer à tout ordre social, ou les reconnaître. La nation est toujours maîtresse de réformer sa constitution. Surtout, elle ne peut pas se dispenser de s'en donner une certaine, quand elle est contestée. Tout le monde en convient aujourd'hui; et ne voyez-vous pas qu'il lui serait impossible d'y toucher, si elle-même n'était que partie dans la querelle? Un corps soumis à des formes constitutives ne peut rien décider que d'après sa constitution. Il ne peut pas s'en donner une autre. Il cesse d'exister dès le moment qu'il se meut, qu'il parle, qu'il agit autrement que dans les formes qui lui ont été imposées. Les états généraux, fussent-ils assemblés, sont donc incompétents à rien décider sur la constitution. Ce droit n'appartient qu'à la nation seule, indépendante, nous ne cessons de le répéter, de toutes formes et de toutes conditions.

Les privilégiés, comme l'on voit, ont de bonnes raisons pour confondre les idées et les principes en cette matière. Ils soutiendront aujourd'hui avec intrépidité le contraire de ce qu'ils avançaient il y a six mois. Alors, il n'y avait qu'un cri en France : nous n'avions point de constitution et nous demandions à en former une.

Aujourd'hui, non seulement nous avons une constitution, mais

(1) *Var. :* Concours.

si l'on en croit les privilégiés, elle renferme deux dispositions excellentes et inattaquables.

La première, c'est la division par ordres de citoyens ; la seconde, c'est l'égalité d'influence, pour chaque ordre, dans la formation de la volonté nationale. Nous avons bien assez prouvé déjà qu'alors même que toutes ces choses formeraient notre constitution, la nation serait toujours maîtresse de les changer. Il reste à examiner plus particulièrement la nature de cette *égalité* d'influence, que l'on voudrait attribuer à chaque ordre sur la volonté nationale. Nous allons voir que cette idée est la plus absurde possible, et qu'il n'y a pas de nation qui puisse rien mettre de pareil dans sa constitution.

Une société politique ne peut être que l'ensemble des associés. Une nation ne peut pas décider qu'elle ne sera pas la nation, ou qu'elle ne le sera que d'une manière : car ce serait dire qu'elle ne l'est point de toute autre. De même une nation ne peut statuer que sa volonté commune cessera d'être sa volonté commune. Il est malheureux d'avoir à énoncer de ces propositions dont la simplicité paraîtrait niaise, si l'on ne songeait aux conséquences qu'on veut en tirer. Donc une nation n'a jamais pu statuer que les droits inhérents à la volonté commune, c'est-à-dire, à la pluralité, passeraient à la minorité. La volonté commune ne peut pas se détruire elle-même. Elle ne peut pas changer la nature des choses, et faire que l'avis de la minorité soit l'avis de la pluralité. On voit bien qu'un pareil statut, au lieu d'être un acte légal ou moral, serait un acte de démence.

Si donc on prétend qu'il appartient à la constitution française que deux à trois cent mille individus fassent, sur un nombre de vingt-six millions de citoyens, les deux tiers de la volonté commune, que répondre, si ce n'est qu'on soutient que deux et deux font cinq ?

Les volontés individuelles sont les seuls éléments de la volonté commune. On ne peut ni priver le plus grand nombre du droit d'y concourir, ni arrêter que dix volontés n'en vaudront qu'une, contre dix autres qui en vaudront trente. Ce sont là des contradictions dans les termes, de véritables absurdités.

Si l'on abandonne, un seul instant, ce principe de première évidence, que la volonté commune est l'avis de la pluralité et non celui de la minorité, il est inutile de parler raison. Au même titre, on peut décider que la volonté d'un seul sera dite la pluralité, et il n'est besoin ni d'états généraux, ni de volonté nationale, etc..., car si une volonté peut en valoir dix, pourquoi n en vaudrait-elle pas cent, un million, vingt-six millions ?

Aurions-nous besoin d'appuyer davantage sur la conséquence naturelle de ces principes ? Il est constant que, dans la représentation nationale ordinaire et extraordinaire, l'influence ne peut être qu'en raison du nombre des têtes qui ont *droit* à se faire représenter. Le corps représentant est toujours, pour ce qu'il a à faire, à la place de la nation elle-même. Son influence doit conserver la même nature, les mêmes proportions et les mêmes règles. Concluons qu'il y a un accord parfait entre tous les principes, pour décider 1° qu'une représentation extraordinaire peut seule toucher à la constitution ou nous en donner une, etc. ; 2° que cette représentation constituante doit se former sans égard à la distinction des ordres.

2° A qui appartient-il d'interroger la nation ? Si nous avions une constitution législative, chacune de ses parties en aurait le droit, par la raison que le recours aux juges est toujours ouvert aux plaideurs, où plutôt parce que les interprètes d'une volonté sent obligés de consulter leurs commettants, soit pour faire expliquer leur procuration, soit pour leur donner avis des circonstances qu exigeraient de nouveaux pouvoirs. Mais il y a près de deux siècles que nous sommes sans représentants, en supposant qu'il y en eût alors. Puisque nous n'en avons point, qui les remplacera auprès de la nation ? Qui préviendra les peuples du besoin d'envoyer des représentants extraordinaires ? La réponse à cette question ne peut embarrasser que ceux qui attachent au mot de *convocation* le fatras des idées anglaises. Il ne s'agit pas, ici, de *prérogative* royale, mais du sens simple et naturel d'une *convocation*. Ce terme embrasse avis à donner du besoin national, et *indication* d'un rendez-vous commun. Or, quand le salut de la patrie presse tous les citoyens, perdra-t-on le temps à s'enquérir de celui qui a le *droit* de convoquer ? Il faudrait plutôt demander : qui n'en a pas le droit ? C'est le *devoir* sacré de tous ceux qui y peuvent quelque chose. A plus forte raison, le pouvoir exécutif le peut-il, lui qui est bien plus en mesure que les simples particuliers de prévenir la généralité des citoyens, d'indiquer le lieu de l'assemblée et d'écarter tous les obstacles que l'intérêt de corps pourrait y opposer. Certainement le prince, en sa qualité de premier citoyen, est plus intéressé qu'aucun autre à convoquer les peuples. S'il est incompétent à décider sur la constitution, on ne peut pas dire qu'il le soit à provoquer cette décision.

Ainsi, point de difficulté sur la question : qu'est-ce qu'on aurait dû faire ? On aurait dû convoquer la nation, pour qu'elle députât, à la métropole, des représentants extraordinaires avec une procuration spéciale pour régler la constitution de l'assemblée nationale ordinaire. Je n'aurais pas voulu que ces réprésentants eussent eu en outre des pouvoirs pour se former ensuite en assemblée ordinaire, conformément à la constitution qu'ils auraient fixée eux-mêmes, sous une autre qualité. J'aurais craint qu'au lieu de travailler uniquement pour l'intérêt national, ils n'eussent trop fait attention à l'intérêt du corps qu'ils allaient former. En politique, c'est le mélange, c'est la confusion des pouvoirs qui rendra constamment impossible l'établissement de l'ordre social sur la terre ; comme aussi dès qu'on voudra séparer ce qui doit être distinct, on parviendra à résoudre le grand problème d'une société humaine, disposée pour l'avantage général de ceux qui la composent. On pourra me demander pourquoi je me suis étendu si longuement sur ce qu'on *aurait dû faire*.

Le passé est passé, dira-t-on. Je réponds premièrement que la connaissance de ce qu'on aurait dû faire peut mener à la connaissance de ce qu'on fera. En second lieu, il est toujours bon de présenter les vrais principes, surtout dans une matière si neuve pour la plupart des esprits. Enfin, les vérités de ce chapitre peuvent servir à mieux expliquer celles du chapitre suivant.

CHAPITRE VI

CE QUI RESTE A FAIRE. DÉVELOPPEMENT DE QUELQUES PRINCIPES.

Le temps n'est plus, où les trois ordres, ne songeant qu'à se défendre du despotisme ministériel, étaient prêts à se réunir contre l'ennemi commun. Quoiqu'il soit impossible à la nation de tirer un parti utile de la circonstance présente, de faire un seul pas vers l'ordre social, sans que le tiers état en recueille aussi les fruits ; cependant la fierté des deux premiers ordres s'est irritée en voyant es grandes municipalités du royaume réclamer la moindre partie des droits politiques qui appartiennent au peuple. Que voulaient-ils donc, ces privilégiés si ardents à défendre leur superflu, si prompts à empêcher le tiers état d'obtenir, en ce genre, le plus strict nécessaire? Entendaient-ils que la régénération dont on se flatte ne serait que pour eux? Et voulaient-ils ne se servir du peuple, toujours malheureux, que comme d'un instrument aveugle pour étendre et consacrer leur aristocratie? Que diront les générations futures, en apprenant l'espèce de fureur avec laquelle le second ordre de l'État et le premier ordre du clergé ont poursuivi toutes les demandes des villes? Pourront-elles croire aux ligues secrètes et publiques, aux feintes alarmes (1) et à la perfidie des manœuvres dont on a enveloppé les défenseurs du peuple? Rien ne sera oublié dans les fidèles récits que les écrivains patriotes préparent à la postérité. On fera connaître la noble conduite (2) des Magnats de France, dans une circonstance si propre, pourtant, à inspirer quelques sentiments de patriotisme aux hommes même les plus absorbés dans leur égoïsme. Comment des princes de la maison régnante ont-ils pu se déterminer à prendre parti dans une querelle entre les ordres de l'État? Comment ont-ils laissé de méprisables rédacteurs vomir les colomnies atroces autant que ridicules, qui remplissent l'incroyable mémoire (3) publié sous leur nom?

On se plaint de la violence de quelques écrivains du tiers état. Qu'est-ce que la manière de penser d'un individu isolé? Rien. Les véritables démarches du tiers état, celles qui sont authentiques, se bornent aux pétitions des municipalités et d'une partie des pays

(1, Il est réellement trop plaisant de voir la plupart des nobles s'efforcer de travestir en insurrections contre l'autorité royale, des démarches qu'ils craignent, au fond du cœur, comme favorables au despotisme. Ce pauvre tiers, auquel ils dénient toute énergie, et dont ils ne s'expliquent le courage qu'en recourant à ce qu'ils appellent les manœuvres du ministère lui-même, ils ne craignent point de le représenter comme un assemblage de révoltés contre le Roi. Les nobles disent entre eux : Rien n'est plus dangereux à la liberté que le langage du tiers, qui ressemble un peu trop, en effet, à cette supplication : « Sire, faites de nous tout ce qu'il vous plaira, pourvu que vous ne nous laissiez pas dévorer par les aristocrates. » En même temps, ils disent au Roi : « Le peuple en veut à votre trône : prenez-y garde; il projette de renverser la monarchie. » — (2) *Var. :* La conduite. — (3) Il s'agit du *Mémoire présenté au Roi*, par Monseigneur le comte d'Artois, M. le prince de Condé, M. le duc de Bourbon, M. le duc d'Enghien et M. le prince de Conti, s. l. n. d., in-8, rédigé par M. de Montyon, d'après Barbier. (Note de l'éditeur.)

d'état, qu'on les compare à la démarche également authentique des princes contre le peuple, qui se gardait bien de les attaquer, quelle modestie, quelle mesure dans les premières ! quelle violence, quelle profonde iniquité dans la seconde !

Inutilement, le tiers état attendait-il du concours de toutes les classes, la restitution de ses droits politiques et la plénitude de ses droits civils ; la peur (1) de voir réformer les abus inspire aux deux premiers ordres plus d'alarmes qu'ils ne sentent de désirs pour la liberté. Entre elle et quelques privilèges odieux, ils ont fait choix de ceux-ci. Leur âme s'est identifiée avec les faveurs de la servitude. Ils redoutent aujourd'hui ces états généraux qu'ils invoquaient naguère avec tant d'ardeur. Tout est bien pour eux ; ils ne se plaignent plus que de l'esprit d'innovation ; ils ne manquent plus de rien ; la crainte (2) leur a donné une constitution.

Le tiers état doit s'apercevoir, au mouvement des esprits et des affaires, qu'il ne peut rien espérer que de ses lumières et de son courage. La raison et la justice sont pour lui ; il faut au moins qu'il s'en assure toute la force. Non, il n'est plus temps de travailler à la conciliation des partis. Quel accord peut-on espérer entre l'énergie de l'opprimé et la rage des oppresseurs ?

Ils ont osé prononcer le mot *scission*. Ils ont menacé le roi et le peuple (3). Eh ! grand Dieu ! qu'il serait heureux pour la nation qu'elle fût faite à jamais, cette scission si désirable ! Combien il serait aisé de se passer des privilégiés ! Combien il sera difficile de les amener à être citoyens !

Il est des questions que ne devraient jamais agiter ceux qui craignent la justice ; à coup sûr, elles servent à éclairer le public, et il faut que les lumières mènent à l'équité, de gré ou de force. D'ailleurs, il ne s'agit plus pour le tiers état d'être mieux ou de rester comme il était. La circonstance ne permet point ce calcul ; il faut avancer ou reculer, il faut abolir ou reconnaître et légaliser des privilèges iniques et insociaux. Or, on doit sentir combien serait insensé le projet de consacrer, à la fin du dix-huitième siècle, les abominables restes de la féodalité. Ici, la langue a survécu à la chose. Les nobles se plaisent à prononcer les mots de *roturiers*, de *manants*, de *vilains*. Ils oublient que ces expressions,

(1) *Var.* : La crainte. — (2) *Var.* : La peur. — (3) *Var.* : Menacé le peuple.

quelque sens qu'on veuille leur donner, sont ou étrangères aujourd'hui au tiers état, ou communes aux trois ordres ; ils oublient encore que, lorsqu'elles étaient exactes, les quatre vingt-dix-neuf centièmes d'entre eux étaient incontestablement des roturiers, des manants et des vilains.

On fermerait en vain les yeux sur la révolution que le temps et la force des choses ont opérée ; elle n'en est pas moins réelle. Autrefois, le tiers était serf, l'ordre noble était tout. Aujourd'hui le tiers est tout, la noblesse est un mot. Mais sous ce mot s'est glissée une nouvelle et intolérable aristocratie ; et le peuple a toute raison de ne point vouloir d'aristocrates.

Dans une pareille position, que reste-t-il à faire au tiers s'il veut se mettre en possession de ses droits politiques d'une manière utile à la nation ? Il se présente deux moyens pour y parvenir. En suivant le premier, le tiers doit s'assembler à part : il ne concourra point avec la noblesse et le clergé, il ne restera avec eux ni par *ordre* ni par *têtes*. Je prie qu'on fasse attention à la différence énorme qu'il y a entre l'assemblée du tiers état et celle des deux autres ordres. La première représente vingt-cinq millions d'hommes et délibère sur les intérêts de la nation. Les deux autres, dussent-elles se réunir, n'ont de pouvoirs que d'environ deux cent mille individus et ne songent qu'à leurs privilèges. Le tiers seul, dira-t-on, ne peut pas former les *États généraux*. Eh ! tant mieux ! il composera une *Assemblée nationale* (1).

Un conseil de cette importance a besoin d'être justifié par tout

---

(1) Il y a de grands avantages à faire exercer le pouvoir législateur par trois corps ou chambres, plutôt que par une seule. Il y a une extrême déraison à composer ces trois chambres de trois ordres ennemis l'un de l'autre. Le véritable milieu consiste donc à séparer en trois divisions égales les représentants du tiers. Dans cet arrangement, vous trouverez même mission, intérêt commun et même but. J'adresse cette remarque à ceux qui, épris de l'idée de *balancer les parties du pouvoir législatif*, imaginent qu'il n'y a rien de mieux, en ce genre, que la constitution anglaise. Ne peut-on accueillir le bien, sans épouser le mal ? D'ailleurs, nous l'avons dit plus haut, les Anglais n'ont qu'un ordre, ou plutôt n'en ont point, de sorte qu'en composant notre balance législative de différents ordres, elle serait réellement beaucoup plus vicieuse encore que celle de nos voisins. Au surplus, c'est une importante recherche que celle des principes sur lesquels on doit régler la formation des chambres législatives, sans manquer à l'intérêt *commun*, en l'assurant, au contraire, par un juste équilibre entre les grands travaux qui le composent essentiellement. Nous traiterons ailleurs cette question.

tout ce que les bons principes offrent de plus clair et de plus certain.

Je dis que les députés du clergé et la noblesse n'ont rien de commun avec la représentation nationale, que nulle alliance n'est possible entre les trois ordres aux Etats généraux, et que, ne pouvant point voter *en commun*, ils ne le peuvent ni par *ordre*, ni par *têtes*. Nous avons promis, en finissant le troisième chapitre, de prouver ici cette vérité. Au reste, elle n'offrira peut-être rien qui ne soit connu : les bons esprits l'ont déjà répandue dans le public.

Il n'est, dit une maxime du droit universel, pas *de plus grand défaut que le défaut de pouvoir*. On le sait, la noblesse n'est pas députée par le clergé et le tiers. Le clergé n'est point chargé de la procuration des nobles et des communes. Il suit de là que chaque ordre est une nation distincte, qui n'est pas plus compétente à s'immiscer dans les affaires des autres ordres, que les Etats généraux de Hollande ou le conseil de Venise, par exemple, ne sont habiles à voter dans les délibérations du parlement d'Angleterre. Un procureur fondé ne peut lier que ses commettants, un représentant n'a droit de porter la parole que pour ses représentés. Si l'on méconnaît cette vérité, il faut anéantir tous les principes (1).

On doit voir, d'après cela, qu'il est, en bonne règle, parfaitement inutile de chercher le rapport ou la proportion suivant laquelle chaque ordre doit concourir à former la volonté générale. Cette volonté ne peut pas être *une* tant que vous laisserez trois ordres et trois représentations. Tout au plus, ces trois assemblées pourront (2) se réunir dans le même vœu, comme trois nations alliées peuvent former le même désir. Mais vous n'en ferez jamais *une* nation, *une* représentation et *une* volonté commune. Je sens que ces vérités, toutes certaines qu'elles sont, deviennent embarrassantes dans un État qui ne s'est pas formé sous les auspices de la raison et de l'équité politique. Que voulez-vous ? Votre maison

---

(1) Sur cela, gardons-nous bien de proposer la réunion des trois ordres, dans chaque bailliage, pour élire en commun tous les députés. Je regarde cette idée comme extrêmement dangereuse. Il ne faut pas que le tiers se prête jamais à une démarche par laquelle on lui ferait reconnaître et consacrer la *division* des ordres et le triomphe absurde de la minorité sur la très grande pluralité. Cette imprudente conduite serait aussi nuisible à ses intérêts, à ceux de la nation, que contraire aux règles les plus simples de la bonne politique et de l'arithmétique.

(2) *Var. :* Pourraient.

ne se soutient que par artifice, à l'aide d'une forêt d'étais informes placés sans goût et sans dessein, si ce n'est celui d'étançonner les parties à mesure qu'elles menaçaient ruine; il faut la reconstruire, ou bien vous résoudre à vivre au jour le jour dans la gêne et dans l'inquiétude d'être, enfin, écrasé sous ses débris. Tout se tient dans l'ordre social. Si vous en négligez une partie, ce ne sera pas impunément pour les autres. Si vous commencez par le désordre vous vous en apercevrez nécessairement à ses suites (1). Si l'on pouvait retirer de l'injustice et de l'absurdité les mêmes fruits que de la raison et de l'équité, où seraient donc (2) les avantages de celles-ci?

Vous vous écriez que si le tiers état s'assemble séparément pour former, non les trois états, dits *généraux*, mais l'assemblée nationale, il ne sera pas plus compétent à voter pour le clergé et la noblesse, que ces deux ordres ne le sont à délibérer pour le peuple. D'abord, je vous prie de remarquer, ainsi que nous venons de le dire, que les représentants du tiers auront incontestablement la procuration des vingt-cinq ou vingt-six millions d'individus qui composent la nation, à l'exception d'environ deux cent mille nobles ou prêtres. C'est bien assez pour qu'ils se décernent le titre d'assemblée nationale. Ils délibéreront donc, sans aucune difficulté, pour la nation entière, à l'exception seulement de deux cent mille têtes. Dans cette supposition, le clergé pourrait continuer à tenir ses assemblées pour le don gratuit, et la noblesse adopterait un moyen quelconque d'offrir son subside au roi; et pour que les arrangements particuliers à ces deux ordres ne pussent jamais devenir onéreux au tiers, celui-ci commencerait par déclarer formellement (3) qu'il n'entend payer aucune imposition qui ne serait pas supportée par les deux autres ordres. Il ne voterait le subside qu'à cette condition; et lors même que le tribut aurait été réglé, il ne serait point levé sur le peuple, si l'on apercevait que le clergé et la noblesse s'en exemptassent sous quelque prétexte que ce fût.

Cet arrangement serait, peut-être, malgré les apparences, aussi bon qu'un autre à ramener peu à peu la nation à l'unité sociale. Mais, du moins, il remédierait, dès à présent, au danger qui me-

(1) *Var.*: Cet enchaînement est nécessaire . Eh! si l'on.
(2) *Var.*: Où seraient les avantages.
(3) *Var.*: Fortement.

nace ce pays. Comment, en effet, le peuple ne serait-il pas saisi d'effroi en voyant deux corps de privilégiés, et peut-être un troisième mi-parti, se disposer sous le nom d'états généraux à décider de son sort, à lui imposer des destinées immuables autant que malheureuses ? Il est trop juste de dissiper les alarmes de vingt-cinq millions d'hommes, et quand on parle constitution, de prouver, par ses principes et sa conduite, qu'on en connaît et qu'on en respecte les premiers éléments.

Il est constant que les députés du clergé et de la noblesse ne sont point représentants de la nation; ils sont donc incompétents à voter pour elle.

Si vous les laissez délibérer dans les matières d'intérêt général, qu'en résultera-t-il ? 1° si les votes sont pris par *ordres*, il s'ensuivra que vingt-cinq millions de citoyens ne pourront rien décider pour l'intérêt général, parce qu'il ne plaira pas à cent ou deux cent mille individus privilégiés ; c'est-à-dire que les volontés de plus de cent personnes seront frappées d'interdiction et anéanties par la volonté d'une seule.

2° Si les votes sont pris par *têtes*, même à égalité d'influence entre les privilégiés et les non-privilégiés, il s'ensuivra toujours que les volontés de deux cent mille personnes pourront balancer celles de vingt-cinq millions, puisqu'elles auront un égal nombre de représentants. Or, n'est-il pas monstrueux de composer une assemblée de manière qu'elle puisse voter pour l'intérêt de la minorité ? N'est-ce pas là une assemblée à l'*envers* ?

Nous avons démontré, dans le chapitre précédent, la nécessité de ne reconnaître la volonté *commune* que dans l'avis de la pluralité. Cette maxime est incontestable. Il suit de là qu'en France les représentants du tiers sont les vrais dépositaires de la volonté nationale. Ils peuvent donc, sans erreur, parler au nom de la nation entière. Car, en supposant même les privilégiés réunis, toujours unanimes contre la voix du tiers, il n'en seraient pas moins incapables de balancer la pluralité dans les délibérations de cet ordre. Chaque député du tiers, d'après le nombre fixé, vote à la place d'environ cinquante mille hommes ; il suffirait donc de statuer que la pluralité sera de cinq voix au-dessus de la moitié, dans la chambre des communes, pour que les voix unanimes des deux cent mille nobles ou prêtres dussent être regardées comme indifférentes à connaître ; et remarquez que, dans cette supposition, j'oublie un moment, que les députés des deux premiers ordres ne sont point représentants de la nation, et je veux bien admettre encore que, siégeant dans la véritable assemblée nationale, avec la seule influence, pourtant, qui leur appartient, ils opineraient sans relâche contre le vœu de la pluralité. Alors même, il est visible que leur avis serait perdu dans la minorité.

En voilà bien assez pour démontrer l'obligation où sera le tiers état de former à lui seul une assemblée nationale, et pour autoriser, devant la raison et l'équité, la prétention que pourrait avoir cet ordre de délibérer et de voter pour la nation entière sans aucune exception.

Je sais que de tels principes ne seront pas du goût même des membres du tiers les plus habiles à défendre ses intérêts. Soit : pourvu que l'on convienne que je suis parti des vrais principes, et que je ne marche qu'à l'appui d'une bonne logique. Ajoutons que le tiers état, en se séparant des deux premiers ordres, ne peut pas être accusé de faire *scission* ; il faut laisser cette expression, ainsi que le sens qu'elle renferme, à ceux qui l'ont employée les premiers. En effet, la pluralité ne se sépare point du tout ; il y aurait contradiction dans les termes, car il faudrait pour cela qu'elle se séparât d'elle-même. Ce n'est qu'à la minorité qu'il appartient de ne vouloir point se soumettre au vœu du grand nombre, et par conséquent de faire scission.

Cependant notre intention, en montrant au tiers toute l'étendue de ses ressources, ou plutôt de ses droits, n'est point de l'engager à en user en toute rigueur.

J'ai annoncé, pour le tiers, deux moyens de se mettre en possession de la place qui lui est due dans l'ordre politique. Si le premier, que je viens de présenter, paraît un peu trop brusqué ; si l'on juge qu'il faut laisser le temps au public de s'accoutumer à la liberté ; si l'on croit que des droits nationaux, quelque évidents qu'ils soient, ont encore besoin, dès qu'ils sont disputés, même par le plus petit nombre, d'une sorte de jugement légal qui les fixe, pour ainsi dire, et les consacre par une dernière sanction, je le veux bien ; appelons-en au tribunal de la nation, seul juge compétent dans tous les différends qui touchent à la constitution. Tel est le deuxième moyen ouvert au tiers.

Ici, nous avons besoin de nous rappeler tout ce qui a été dit dans le chapitre précédent, tant sur la nécessité de constituer le corps des représentants ordinaires, que sur celle de ne confier ce grand ouvrage qu'à une députation extraordinaire, ayant *ad hoc* un pouvoir spécial.

On ne niera pas que la chambre du tiers aux prochains états généraux ne soit très compétente assurément à convoquer le royaume en *représentation extraordinaire*. C'est donc à lui, surtout, qu'il appartient de prévenir la généralité des citoyens sur la fausse constitution de la France. Il se plaindra (1) hautement que les états généraux sont un corps mal organisé, incapable de remplir ses fonctions nationales, et il démontrera (2) en même temps la nécessité de donner à une députation extraordinaire un pouvoir spécial pour régler, par des lois certaines, les formes constitutives de sa législature. Jusque-là, l'ordre du tiers suspendra, non pas ses travaux préparatoires, mais l'exercice de son pouvoir ; il ne statuera rien définitivement ; il attendra que la nation ait jugé le grand procès qui divise les trois ordres. Telle est, j'en conviens, la marche la plus franche (3), la plus généreuse, et par conséquent la plus convenable à la dignité du tiers état.

Le tiers peut donc se considérer sous deux rapports : sous le premier, il ne se regarde que comme *un ordre :* il veut bien, alors, ne pas secouer tout à fait les préjugés de l'ancienne barbarie ; il distingue deux autres ordres dans l'état, sans leur attribuer pourtant d'autre influence que celle qui peut se concilier avec la nature des choses, et il a pour eux tous les égards possibles, en consentant à douter de ses droits jusqu'à la décision du juge suprême. Sous le second rapport, il est la *nation*. En cette qualité, ses représentants forment toute l'assemblée nationale ; ils en ont tous les pouvoirs. Puisqu'ils sont les *seuls* dépositaires de la volonté générale, ils n'ont pas besoin de consulter leurs commettants sur une dissension qui n'existe pas. Sans doute, ils sont toujours prêts à se soumettre aux lois qu'il plairait à la nation de leur donner ; mais s'ils ont à la provoquer eux-mêmes, ce ne peut être sur aucune des questions qui naissent de la pluralité des ordres dans l'assemblée nationale (4).

L'envoi d'une députation *extraordinaire*, ou du moins la con-

(1) *Var. :* C'est à lui à se plaindre.
(2) *Var. :* Et à démontrer.
(3) *Var. :* La marche la plus généreuse.
(4) *Var. :* Il n'y en a qu'un.

cession d'un nouveau pouvoir spécial, ainsi qu'elle a été expliquée ci-dessus, pour règler, avant tout, la grande affaire de la constitution, paraît le vrai moyen de mettre fin à la dissension actuelle et aux troubles possibles de la nation. N'y eût-il rien à craindre de ces troubles, ce serait encore une mesure nécessaire à prendre, parce que, tranquilles ou non, nous ne pouvons pas nous passer de connaître nos droits politiques, et de nous en mettre en possession. Cette nécessité nous paraîtra plus pressante encore, si nous songeons que les droits politiques sont la seule garantie des droits civils et de la liberté individuelle.

Je terminerais ici mon mémoire sur le tiers état, si je n'avais entrepris que d'offrir des moyens de conduite... Mais je me suis proposé encore de développer des principes. Qu'il me soit donc permis de suivre les intérêts du tiers jusque dans la discussion publique qui va (1) s'élever sur la véritable *composition* d'une assemblée nationale (2). Ce n'est point des affaires ni du pouvoir que je vais parler, mais des lois qui doivent déterminer la composition personnelle du corps des députés (3).

Il faut, d'abord, comprendre clairement quel est l'objet ou le but de l'assemblée représentative d'une nation ; il ne peut pas être différent de celui que se proposerait la nation elle-même, si elle pouvait se réunir et conférer dans le même lieu. Qu'est-ce que la volonté d'une nation ? C'est le résultat des volontés individuelles, comme la nation est l'assemblage des individus. Il est impossible de concevoir une association légitime qui n'ait pas pour objet la sécurité commune, la liberté commune, enfin la chose publique. Sans doute, chaque particulier se propose, en outre, des fins particulières. Il se dit : A l'abri de la sécurité commune, je pourrai me livrer tranquillement à mes projets personnels, je suivrai ma félicité comme je l'entendrai, assuré de ne rencontrer de bornes légales que celles que la société me prescrira pour l'intérêt commun auquel j'ai part, et avec lequel mon intérêt particulier a fait une alliance si utile.

Mais, conçoit-on qu'il puisse y avoir dans l'assemblée générale des membres assez insensés pour oser tenir ce langage : « Vous

(1) *Var.* : Qui pourra.
(2) *Var.* : Les représentants extraordinaires auront-ils égard, en fixant la constitution législative, à la division par ordres ?
(3) *Var.* : Des députés ordinaires.

voilà réunis, non pour délibérer sur nos affaires communes, mais pour vous occuper des miennes en particulier, et de celles d'une petite coterie que j'ai formée avec quelques-uns d'entre vous. » Dire que des associés s'assemblent pour régler les choses qui les regardent en *commun*, c'est expliquer le seul motif qui a pu engager les membres à entrer dans l'association, c'est dire une de ces vérités fondamentales et si simples, qu'on les affaiblit en voulant les prouver (1).

Actuellement, il est intéressant de s'expliquer comment tous les membres d'une assemblée nationale vont concourir par leurs volontés individuelles à former cette volonté commune, qui ne doit aller qu'à l'intérêt public.

Présentons d'abord ce jeu ou ce mécanisme politique dans la supposition la plus avantageuse : ce serait celle où l'esprit public, dans sa plus grande force, ne permettrait de manifester à l'assemblée que l'activité de l'intérêt commun. Ces prodiges sont rares dans l'histoire, et ils ne durent pas (2). Ce serait bien mal connaître les hommes que de lier la destinée des sociétés à des efforts de vertu. Il faut que dans la décadence même des mœurs publiques, lorsque l'égoïsme paraît gouverner toutes les âmes, il faut, dis-je, que, même dans ces longs intervalles, l'assemblée d'une nation soit tellement constituée, que les intérêts particuliers y restent isolés et que le vœu de la pluralité y soit toujours conforme au bien général.

Remarquons dans le cœur des hommes trois espèces d'intérêts : 1° Celui par lequel ils (3) se ressemblent; il donne (4) la juste étendue de l'intérêt commun ; 2° celui par lequel un individu s'allie à quelques autres seulement; c'est l'intérêt de corps; et enfin, 3° celui par lequel chacun s'isole, ne songeant qu'à soi; c'est l'intérêt personnel. L'intérêt par lequel un homme s'accorde avec tous ses co-associés, est évidemment l'objet de la volonté de tous, et celui de l'assemblée commune (5). L'influence de l'intérêt personnel y doit être nulle. C'est aussi ce qui arrive ; sa diversité est

(1) *Var.* : Voilà donc l'*objet* de l'Assemblée : les affaires communes.
(2) *Var.* : Ces prodiges ont été clairsemés sur la terre, et aucun n'a duré longtemps.
(3) *Var.* : Les citoyens.
(4) *Var.* : Il présente.
(5) *Var.* : ... De l'assemblée commune. Chaque votant peut apporter à l'assemblée ses deux autres intérêts; soit. Mais d'abord, l'intérêt person-

son remède. La grande difficulté vient de l'intérêt par lequel un citoyen s'accorde avec quelques autres seulement. Celui-ci permet de se concerter, de se liguer ; par lui se combinent les projets dangereux pour la communauté ; par lui se forment les ennemis publics les plus redoutables. L'histoire est pleine de cette vérité.

Qu'on ne soit donc pas étonné si l'ordre social exige avec tant de rigueur de ne point laisser les simples citoyens se disposer en *corporations*, s'il exige même que les mandataires du pouvoir exécutif, qui, par la nécessité des choses forment de véritables *corps*, renoncent, tant que dure leur emploi, à être élus pour la représentation législative.

Ainsi, et non autrement, l'intérêt commun est assuré de dominer les intérêts particuliers. A ces seules conditions, on peut se rendre (1) raison de la possibilité de fonder les associations humaines sur l'avantage général des associés, et par conséquent s'expliquer (2) la *légitimité* des sociétés politiques.

Les mêmes principes font sentir avec non moins de force la nécessité de constituer l'assemblée représentative elle-même sur un plan qui ne lui permette pas de se former un esprit de corps, et de dégénérer en aristocratie. De là, ces maximes fondamentales, suffisamment développées ailleurs, que le corps des représentants doit être régénéré par tiers tous les ans ; que les députés qui finissent leur temps, ne doivent être de nouveau éligibles qu'après un intervalle suffisant pour laisser au plus grand nombre possible de citoyens, la facilité de prendre part à la chose publique, qui ne serait plus, si elle pouvait être regardée comme la chose propre à un certain nombre de familles, etc., etc.

Mais, lorsqu'au lieu de rendre hommage à ces premières notions, à ces principes si clairs et si certains, le législateur crée, au contraire, lui même des corporations dans l'état, avoue toutes celles qui se forment, les consacre par sa puissance, quand enfin il ose appeler les plus grandes, et par conséquent les plus funestes, à faire partie, sous le nom d'*ordres*, de la représentation nationale, on croit voir le mauvais principe s'efforçant de tout gâter, de tout ruiner, de tout bouleverser parmi les hommes. Pour combler et

nel n'est point à craindre, il est isolé. Chacun a le sien. Sa diversité est son véritable remède. La grande difficulté, etc.

(1) *Var.* : Nous pouvons nous rendre.
(2) *Var.* : Nous expliquer.

consolider le désordre social, il ne restait plus qu'à donner à ces terribles *jurandes* une prépondérance réelle sur le grand corps de la nation, et c'est ce qu'on pourrait accuser le législateur d'avoir fait en France, s'il ne fallait pas plutôt s'en prendre au cours aveugle des événements ou à l'ignorance et à la férocité de nos devanciers, de la plupart des maux qui affligent ce superbe royaume.

Nous connaissons le véritable objet d'une assemblée nationale ; elle n'est point faite pour s'occuper des affaires particulières des citoyens, elle ne les considère qu'en masse et sous le point de vue de l'intérêt commun. Tirons-en la conséquence naturelle que le droit à se faire représenter n'appartient aux citoyens qu'à cause des qualités qui leur sont communes, et non pas celles (1) qui les différencient.

Les avantages par lesquels les citoyens diffèrent entre eux sont *au delà* du caractère de citoyen. Les inégalités de propriété et d'industrie sont comme les inégalités d'âge, de sexe, de taille, etc. Elles ne dénaturent point l'*égalité* du civisme. Sans doute, ces avantages particuliers sont sous la sauvegarde de la loi ; mais ce n'est pas au législateur à en créer de cette nature, à donner des privilèges aux uns, à les refuser aux autres. La loi n'accorde rien, elle protège ce qui est, jusqu'au moment où ce qui est commence à nuire à l'intérêt commun. Là seulement sont placées les limites de la liberté individuelle. Je me figure la loi au centre d'un globe immense ; tous les citoyens, sans exception, sont à la même distance sur la circonférence et n'y occupent que des places égales ; tous dépendent également de la loi, tous lui offrent leur liberté et leur propriété à protéger ; et c'est ce que j'appelle les *droits communs* des citoyens, par où ils se ressemblent tous. Tous ces individus correspondent entre eux, ils s'engagent, ils négocient, toujours sous la garantie commune de la loi. Si dans ce mouvement général quelqu'un veut dominer la personne de son voisin, ou usurper sa propriété, la loi commune réprime cet attentat, et remet tout le monde à la même distance d'elle-même. Mais elle n'empêche point que chacun suivant ses facultés naturelles et acquises, suivant des hasards plus ou moins favorables, n'enfle sa propriété de tout ce que le sort prospère, ou un travail plus

(1) *Var. :* Et non à cause de celles.

fécond, pourra y ajouter, et ne puisse s'élever, dans sa place légale, le bonheur le plus conforme à ses goûts et le plus digne d'envie. La loi, en protégeant les droits communs de tout citoyen, protège chaque citoyen dans tout ce qu'il peut être, jusqu'au moment où ce qu'il veut être commencerait (1) à nuire au *commun* intérêt.

Peut-être reviens-je un peu trop sur les mêmes idées, mais je n'ai pas le temps de les réduire à leur plus parfaite simplicité, et d'ailleurs, ce n'est pas lorsqu'on représente des notions trop méconnues qu'il est bon d'être si concis.

Les intérêts par lesquels les citoyens se ressemblent sont donc les seuls qu'ils puissent traiter en commun, les seuls par lesquels, et au nom desquels ils puissent réclamer des droits politiques, c'est-à-dire une part active à la formation de la loi sociale, les seuls par conséquent qui impriment au citoyen la qualité *représentable*. Ce n'est donc pas parce qu'on est privilégié, mais parce qu'on est citoyen, qu'on a droit à l'élection des députés et à l'éligibilité. Tout ce qui appartient aux citoyens, je le répète, avantages communs, avantages particuliers, pourvu que ceux-ci ne blessent pas la loi, ont droit à la protection, mais l'union sociale n'ayant pu se faire que par des points communs, il n'y a que la qualité commune qui ait droit à la législation. Il suit de là que l'intérêt de corps, loin d'influer dans la législature, ne peut que la mettre en défiance ; il est aussi opposé à l'objet qu'étranger à la mission d'un corps de représentants.

Ces principes deviennent plus rigoureux encore quand il s'agit des corps et des ordres privilégiés. J'entends par privilégié tout homme qui sort du droit commun, soit parce qu'il prétend n'être pas soumis *en tout* à la loi commune, soit parce qu'il prétend à des droits *exclusifs*. Une classe privilégiée est nuisible, non seulement par l'esprit de corps, mais par son existence même. Plus elle a obtenu de ces faveurs nécessairement contraires à la liberté commune, plus il est essentiel de l'écarter de l'assemblée nationale. Le privilégié ne serait *représentable* que par sa qualité de citoyen ; mais en lui cette qualité est détruite, il est hors du civisme, il est ennemi des droits communs (2). Lui donner un droit à la représen-

(1) *Var.* : Jusqu'au moment où ces tentatives particulières commenceraient.
(2) Voyez l'*Essai sur les privilèges*.

tation serait une contradiction manifeste dans la loi ; la nation
n'aurait pu s'y soumettre que par un acte de servitude ; et c'est ce
qu'on ne peut supposer.

Lorsque nous avons prouvé que le mandataire du pouvoir actif
ne pouvait être (1) ni électeur ni éligible pour la représentation
législative, nous n'avons pas cessé pour cela de le regarder comme
un vrai citoyen. Il l'est, comme tous les autres, par ses droits indi-
viduels ; et les fonctions qui le distinguent, bien loin de détruire
en lui le civisme sont, au contraire, établies pour en servir les
droits. S'il est pourtant nécessaire de suspendre l'exercice de ses
droits politiques, que doit-ce être de ceux qui, méprisant les droits
communs, s'en sont composés de tels, que la nation y est étrangère,
de ces hommes dont l'existence seule est une hostilité continuelle
contre le grand corps du peuple ? Certes, ceux-là ont renoncé au
caractère de citoyen, et ils doivent être exclus des droits d'électeur et d'éligible plus sûrement encore que vous n'en écarteriez un
étranger dont au moins l'intérêt avoué pourrait bien n'être pas
opposé au vôtre.

Résumons : il est de principe que tout ce qui sort de la qualité
commune de citoyen, ne saurait participer aux droits politiques.
La législature d'un peuple ne peut être chargée de pourvoir qu'à
l'intérêt général. Mais si, au lieu d'une simple distinction indifférente
presque à la loi, il existe des privilégiés ennemis par état de l'ordre
commun, ils doivent être positivement exclus. Ils ne peuvent être
ni électeurs, ni éligibles tant que dureront leurs odieux privilèges.

Je sais que de pareils principes vont paraître *extravagants* à la
plupart des lecteurs. C'est que la vérité doit paraître aussi extra-
vagante aux préjugés, que ceux-ci peuvent l'être pour la vérité.
Tout est relatif. Que mes principes soient certains, que mes conséquences soient exactes, il me suffit. Mais, au moins, dira-t-on, ce
sont là des choses absolument *impraticables* pour le temps. Aussi
je ne me charge point de les pratiquer. Mon rôle, à moi, est
celui de tous les écrivains patriotes ; il consiste à présenter la
vérité. D'autres s'en rapprocheront plus ou moins, selon leur
force et selon les circonstances, ou bien s'en écarteront par mauvaise foi ; et alors nous souffrirons ce que nous ne pouvons pas
empêcher. Si tout le monde pensait *vrai*, les plus grands change-

(1) *Var. :* Ne devait être.

ments, dès qu'ils présenteraient un objet d'utilité publique, n'auraient rien de difficile. Que puis-je faire de mieux que d'aider de toutes mes forces à répandre cette vérité qui prépare les voies? On commence par la mal recevoir, peu à peu les esprits s'y accoutument, l'opinion publique se forme, et, enfin, l'on aperçoit à *l'exécution* des principes qu'on avait d'abord traités de folles chimères. Dans presque tous les ordres de préjugés, si des écrivains n'avaient consenti à passer pour fous, le monde en serait aujourd'hui moins *sage.*

Je rencontre partout de ces gens modérés qui voudraient que les pas vers la vérité ne se fissent qu'un à un. Je doute qu'ils s'entendent lorsqu'ils parlent ainsi. Ils confondent la marche de l'administrateur avec celle du philosophe. Le premier s'avance comme il peut; pourvu qu'il ne sorte pas du bon chemin, on n'a que des éloges à lui donner. Mais ce chemin doit avoir été percé jusqu'au bout par le philosophe. Il doit être arrivé au terme, sans quoi, il ne pourrait point garantir que c'est véritablement le chemin qui y mène. S'il prétend m'arrêter quand il lui plaît, et comme il lui plaît, sous prétexte de prudence, comment saurai-je qu'il me conduit bien? faudra-t-il l'en croire sur parole? Ce n'est pas dans l'ordre de la raison qu'on se permet une confiance aveugle. Il semble, en vérité, qu'on veut et qu'on espère, en ne disant qu'un mot après l'autre, surprendre son ennemi, et le faire donner dans un piège. Je ne veux point discuter, si, même entre particuliers, une conduite franche n'est pas aussi la plus habile ; mais, à coup sûr, l'art des réticences et toutes ces finesses de conduite, que l'on croit le fruit de l'expérience des hommes, sont une vraie folie dans des affaires nationales traitées publiquement par tant d'intérêts réels et éclairés. Ici, le vrai moyen d'avancer ses affaires n'est pas de cacher à son ennemi ce qu'il sait aussi bien que nous, mais de pénétrer la pluralité des citoyens de la justice de leur cause. On croit un peu trop que la vérité peut se diviser en parties, et entrer ainsi, en détail, plus facilement dans l'esprit. Non, le plus souvent, il faut de bonnes secousses ; la vérité n'a pas trop de toute sa lumière pour produire de ces impressions fortes, d'où naît un *intérêt* passionné pour ce qu'on a reconnu vrai, beau et utile.

Il faut avoir une pauvre idée de la marche de la raison, pour imaginer qu'un peuple entier doit rester aveugle sur ses vrais intérêts, et que les vérités les plus utiles, concentrées dans quelques têtes seulement, ne doivent paraître qu'à mesure qu'un habile administrateur peut en avoir besoin pour le succès de ses opérations. D'abord cette vue est fausse, parce qu'elle est impossible à suivre. En second lieu, ignore-t-on que la vérité ne s'insinue que lentement dans une masse aussi grande que l'est une nation ? Ne faut-il pas laisser aux hommes qu'elle gêne le temps de s'y accoutumer, aux jeunes gens qui la reçoivent avidement, celui de devenir quelque chose, et aux vieillards celui de n'être plus rien ? En un mot, veut-on attendre, pour semer, le moment de la récolte ? Il n'y en aurait jamais.

La raison, d'ailleurs, n'aime point le mystère ; elle n'agit que par une grande expansion ; ce n'est qu'en frappant partout, qu'elle frappe juste, parce que c'est ainsi que se forme cette puissance d'opinion à laquelle on doit peut-être attribuer la plupart des changements vraiment avantageux aux peuples. Les esprits, dites-vous, ne sont pas encore disposés à vous entendre, vous allez choquer beaucoup de monde. Il le faut ainsi : la vérité la plus utile à publier, n'est pas celle dont on était déjà assez voisin, ce n'est pas celle que l'on est (1) déjà disposé à accueillir. Non, c'est précisément parce qu'elle va irriter plus de préjugés et plus d'intérêts personnels, qu'il est plus nécessaire de la répandre. On ne fait pas attention que le préjugé qui mérite le plus de ménagement est celui qui est joint à la bonne foi, que l'intérêt personnel le plus dangereux à irriter est celui auquel la bonne foi prête toute l'énergie du sentiment qu'on a pour soi la justice. Il faut leur ôter cette force étrangère ; il faut, en les éclairant, les réduire aux seuls expédients de la mauvaise foi. Les personnes modérées à qui j'adresse ces réflexions cesseraient de craindre pour le sort des vérités qu'elles appellent prématurées, si elles ne s'obstinaient à confondre toujours la conduite mesurée et prudente de l'administrateur qui gâterait tout en effet, s'il ne calculait pas les frottements et les obstacles, avec cet élan libre du philosophe que la vue des difficultés ne peut qu'exciter davantage, et qui est d'autant plus appelé à présenter les bons principes sociaux que les esprits sont plus encroûtés de barbarie féodale.

Enfin, dira-t-on, si les privilégiés n'ont aucun droit à intéresser la *volonté commune* à leurs privilèges, au moins doivent-ils en leur

(1) *Var. :* Était.

qualité de citoyens jouir, confondus avec le reste de la société, de leurs droits politiques à la représentation.

J'ai déjà dit qu'en revêtant le caractère de privilégié, ils sont devenus les ennemis réels de l'intérêt commun; ils ne peuvent donc point être chargés d'y pourvoir. J'ajoute qu'ils sont les maîtres de rentrer, quand ils le voudront, dans l'ordre social ; ainsi c'est bien volontairement qu'ils s'excluent de l'exercice des droits politiques. Enfin, leurs véritables droits, ceux qui peuvent être l'objet de l'assemblée nationale, leur étant communs avec les députés qui la composent, ils peuvent se consoler (1) en songeant que ces députés se blesseraient eux-mêmes, s'ils tentaient d'y nuire.

Il est donc certain que les seuls membres non privilégiés sont susceptibles d'être électeurs et députés à l'assemblée nationale. Le vœu du tiers sera toujours bon pour la généralité des citoyens, celui des privilégiés serait toujours mauvais, à moins que, négligeant leur intérêt particulier, ils ne voulussent voter comme de simples citoyens, c'est-à-dire comme le tiers état lui-même. Donc, le tiers suffit à tout ce qu'on peut espérer d'une assemblée nationale; donc, lui seul est capable de procurer tous les avantages qu'on a lieu de se promettre des états généraux

Peut-être pensera-t-on qu'il reste aux privilégiés, pour dernière ressource, de se considérer comme une nation à part, et de demander une représentation distincte et indépendante...... J'ai répondu d'avance à cette prétention, au premier chapitre de cet écrit, en prouvant que les ordres privilégiés n'étaient point, ne pouvaient pas être un peuple à part. Ils ne sont et ne peuvent être qu'aux dépens d'une véritable nation. Quelle est celle qui consentira volontairement à une telle alliance ?

En attendant, il est impossible de dire quelle place deux corps privilégiés doivent occuper dans l'ordre social : c'est demander quelle place l'on veut assigner, dans le corps d'un malade, à l'humeur maligne qui le mine et le tourmente. Il faut la *neutraliser*, il faut rétablir la santé et le jeu de tous les organes assez bien pour qu'il ne s'y forme plus de ces combinaisons morbifiques, capables de vicier les principes les plus essentiels de la vitalité.

(1) *Var.* : Se consoler ou se rassurer.

Table des matières

Imprimé en France
Imprimerie des Presses Universitaires de France
73, avenue Ronsard, 41100 Vendôme
Juillet 1989 — N° 35 154

COLLECTION « QUADRIGE »

COLLECTION « QUADRIGE »

COLLECTION « QUADRIGE »